U0938845

与小泽征尔共度的午后音乐时光

〔日〕小泽征尔 村上春树 著
刘名扬 译

南海出版公司

新经典文化股份有限公司
www.readinglife.com
出　品

目 录

第二次　卡耐基音乐厅的勃拉姆斯

第三次　六十年代的那些事

第四次　关于古斯塔夫·马勒的音乐

序　与小泽征尔先生共度的午后时光

开始与小泽征尔先生见面聊天，是近期的事。我在波士顿住过一阵子，虽然原本就是个喜欢偶尔欣赏音乐会的乐迷，但和小泽先生并不相识。后来机缘巧合，结识他的女儿征良，通过这层关系，我才见到小泽先生，有了与他对话的机会。起初，我们俩只有与工作毫不相干的私人交情。

可见这场访谈开始前，我从来没有和小泽先生进行过关于音乐的深入对话。原因之一或许是这位大师事务过于繁忙。考虑到他平日就得时时浸淫在音乐中，相见时也只敢推杯换盏，聊些音乐以外的话题。偶尔谈及音乐，也总是只说到一些零碎的片断。总而言之，他是个十分专注、将全部心力投注于眼前目标的人，一旦放下工作，想必也需要充分的休息。基于这层考虑，我一直避免触及音乐的话题。

但小泽先生于二〇〇九年十二月被诊断出食道癌，并接受切除手术（而且是大手术）后，音乐活动受到大幅限制。疗养和痛苦的康复训练取代了音乐，成为他生活的重心。也不知是否出于这个原因，此后与他见面时，我们竟然开始一点点聊起了音乐。当然，他身体欠安，可一谈起音乐，神情却豁然开朗。就算和我这个门外汉交流，只要能帮他以某种形式重新接触音乐，或许就能帮他转换一下心情。此外，和我这个领域不同的人对谈，多少也能让他感觉轻松一点。

近半个世纪以来，我一直是热心的爵士乐迷，对古典音乐也相当钟情，从高中时期就开始收集唱片，而且只要时间允许，便尽量找机会欣赏音乐会。尤其是旅居欧洲时，几乎成天浸淫在古典音乐里。交替欣赏爵士乐和古典音乐，不论过去还是现在，对我的心灵一直是良好的激励（有时也是祥和的慰藉）。若硬要我在两者中选择一个，不论舍弃哪个，我的人生都不再完满。艾灵顿公爵说过，世间只有“好音乐”与“坏音乐”两种音乐，不论是爵士还是古典，在这方面道理是一样的。各种类型的音乐都能让人享受到“好音乐”带来的纯粹的愉悦。

有一天，小泽先生莅临寒舍，我们俩放着音乐闲聊。不知不觉间，他聊起了古尔德和伯恩斯坦在纽约演奏勃拉姆斯《第一钢琴协奏曲》时的轶事，十分有趣。当时我心想，就这么让如此有趣的故事消失，着实可惜。应该找谁录下来整理成文才是。至于这个谁是何人——虽然听来像是朝自己脸上贴金，但到头来浮现在我脑海里的，除了自己别无他人。

“好呀，这阵子有空，咱们就聊聊吧。”我一提出这个建议，小泽先生便爽快允诺。小泽先生患了癌症，对音乐界和我而言（当然，对他而言也是如此）都是令人痛心的事。然而，我们俩却因此获得了悠然畅谈音乐的宝贵时间，未尝不是因祸得福。那句英文谚语果然不假：乌云背后总有一线光芒。

只不过我虽是老乐迷，却从未接受过正统的音乐教育，说我是门外汉也不为过。受限于专业知识的匮乏，总要时不时脱口说出一些认知错误甚至失敬冒犯的话。但大师从来不介意，总不忘先认真思考一番，再细心地一一回应我的话，实在让我满心感激。

我用录音笔录下我们的对话，整理成稿，再请大师阅读和修改。

“说起来，我从没好好和人聊过这些事。”这是大师看到原稿后的第一个感想，“但我话说得这么随便，对读者可有意义？”

的确，小泽先生的谈吐几乎可算是一种独特的“小泽语”，将它转换成文章其实并不容易。同时，他也有许多夸张的手势等肢体动作，甚至不时用歌唱的方式表达。但他这股跨越“语言障碍”的热情透过些许“随便”，强烈而直率地跃然纸上。

我虽是个门外汉（或许该说正因为我是个门外汉），但欣赏音乐时，总是抛开一切成见侧耳倾听，直接体验音乐的美好，任其浸透身心。听到好的部分，能感受到一股幸福甜美涌上心头；听到坏的部分，只会一阵怅然失落。如果有余力听得更深入些，则不忘思索这好是好在哪里、坏是坏在何处。除此之外，音乐的其他要素对我都没有太大意义。个人认为，音乐可谓是一种能让人品尝幸福滋味的东西，其中蕴藏着形形色色的使人幸福的方法与途径。光是音乐的复杂性，就足以让我的心灵痴迷。

在倾听小泽先生的陈述时，我也试图坚持这种态度。换言之，我不断提醒自己，我只是个满心好奇、尽量诚实地面对一切的门外汉听众。毕竟阅读本书的读者，大多数应该都是和我一样的门外汉乐迷。

虽然深知如此自诩听来多么不自量力，但在鼓起勇气开口，经历数次对谈后，我发现自己与小泽先生似乎有某些共通点，无关才华、专业水平、气度与知名度的高低，而是我们在人生态度上的倾向比较一致。

第一，我们俩似乎都能从工作中获得一种纯粹的喜悦。音乐与文学分属不同领域，但比起从事其他活动，埋首于工作更能让我们感受到至高无上的幸福和满足。能从工作中获得何种成果固然重要，但专注到废寝忘食的投入，是比任何成果都可贵的回报。

第二，我们俩至今依然拥有年少时期的求知欲。“不，这还不够，得追求得更深入，得朝前多跨一步”，这种心态是我们在工作上，甚至在人生中至关重要的驱动力。从小泽先生的言行举止中，总是能感觉到这股积极的（或者说是贪婪的）渴望。他对迄今为止的成就感到满意和自豪，但并不因此而满足，仍然时时期望自己做得更好、钻研得更深入。还有一股虽然要同时间和体力上的局限对抗，但非达到更高境界不可的决心。

第三，就是顽固。有耐心，有毅力，而且顽固。一旦下了决心，不论大家怎么说，都得做到符合自己的要求才甘心。即使最终会遭受严厉的批判，甚至憎恨与嫌恶，也愿意无怨无悔地为自己的行为负责。原本就是不装腔作势、爱开玩笑的性子，虽然也很关心周围人的反应，但总是分得清轻重缓急。至少在我眼中，我们同样属于这种有始有终、绝不动摇的人。

在人生的旅程中，我结识了许多人，有些甚至交情匪浅。但就这三点而言，让我感叹“他这心态，我也了解”，并且自然而然地产生共鸣的人物，我还是第一次遇见。由此可见，小泽先生对我而言是多么重要的挚友，我庆幸世上有他这样一个人。

当然，我们之间也存在许多差异。比如说我并不具备小泽先生那种和善的天性。我对世界当然也有一定的好奇心，只是表现得不明显。小泽先生身为交响乐团指挥，平时要与许多人接触及合作。即使再才华洋溢，若成天紧绷着脸拒人于千里之外，只怕也很难让人追随。人际关系对他十分重要。他既需要志同道合的音乐伙伴，也需要长袖善舞的社交与业务能力，还得时时以听众为尊。除此之外，身为音乐家，他还要细心指导后辈。

相比之下，我身为作家，平时就算不与人接触，不与人沟通，不在媒体上露脸，生活中也不会有任何不便（反而更自由）。我几乎没什么与人合作的需要。虽说有伙伴最好，但没有也可以，只要独自窝在家里写文章就成。说来令人汗颜（或许该说，原本就没有这种必要），指导后辈的念头一次也没在我的脑海中闪现过。除了与生俱来的性格差异，我们俩多少也有点职业造成的心态差异。但在最根本的部分——也就是最核心的基础上，相同之处可能要比差异多一些。

以创作为业的人，基本都有点自我中心。这听来或许傲慢，但不论你喜不喜欢，都是不争的事实。倘若一个人时时在意周围的反应，一向不愿引人侧目或得罪他人，凡事寻求达成平衡，那么不论在哪个领域，他必定无法从事创作性质的工作。创作有如平地起高楼，需要全神贯注。而且在许多时候，这种专注近似神鬼附身，无法顾及与他人的协调。

话虽如此，自称“艺术家”，将自我意识摆在前头，还是可能妨碍正常的社会生活。自我中心引起的各种矛盾，反而可能给创作不可或缺的专注造成阻碍。在十九世纪或许还好，但在二十一世纪的今天，过度强调自我其实并不容易。因此以创作为业的人，必须在自我与周遭之间找出一个平衡点。

言下之意是，我与小泽先生找出平衡点的具体方式虽然明显不同，但方向似乎大同小异。即使先后次序有差异，但判断孰先孰后的方式可能颇为相似。因此，在倾听小泽先生陈述意见时，我才能秉持一种超乎共鸣的心态。

小泽先生为人正直，说起话来绝不装模作样、故弄玄虚。虽已年逾七十，却还留着些许“与生俱来”的本性。我提出的问题，他几乎都能直率地侃侃而谈。相信读了本书，各位应该也有所体会。话虽如此，有许多话他也选择不说。凡是认为不该说的，他都基于某些原因或理由只字不提。至于那究竟是什么原因或理由，有些我能判明，有些则无从判断。但包括这些说不出口的话在内，他说的（以及他选择不说的）话，都能让我自然地产生共鸣。

由此可见，本书收录的并不是普通的访谈，也不是所谓的“名人对谈”。我在书中追求的，或者说在对谈的过程中体认到自己该追求的，是一种自然的心灵之声。我努力试图从中听取的，当然就是小泽先生的心灵之声。毕竟在形式上，我是访问者，他是受访者。但我往往从中听到了自己的心声。其中有些让我肯定“这的确是我自己的感受”，有些却让我惊觉“想不到自己心中竟有这种感受”。看来通过这些对话，我既发掘了小泽先生的心灵世界，也在某种共鸣中一点一滴发掘了自己的内心世界。不消说，这当然是充满乐趣的差事。

容我举个例，精读乐谱具体是怎样的感觉，从未仔细读过乐谱的我无从体会。但洗耳恭听小泽先生的叙述，注视着他的神情，便能深深理解这对他而言有多大意义。不研读乐谱，音乐对他来说就不成立。不论面对怎样的音乐，都必须全神贯注、努力钻研，直到自己满意为止。对他而言，细心研读印刷在平面的纸张上的复杂记号，从中勾勒自己的想象，将它转化为立体的乐章，就是音乐生活的基础。因此，他总是一早起床，独自在清静的空间里花好几个小时研读乐谱，从复杂的暗号中精心解读来自过去的讯息。

至于我，也是在清晨四点起床，独自埋首写作。冬日，四下依然一片漆黑，丝毫不见拂晓将至的迹象，甚至听不到一声鸟鸣。从这么一大清早起，就端坐在书桌前专注地写上五六个小时，啜饮着热咖啡，漫不经心地敲打键盘。这种日子我已经过了超过四分之一个世纪。在小泽先生专注地研读乐谱的同时，我也专注地笔耕不辍。两种工作截然不同，但所需的专注或许十分相近。我常想，若是少了这份专注，我的人生便无从成立，不再是我自己的人生。想必对小泽先生而言也是这样。

因此，当小泽先生聊起研读乐谱的习惯时，我便将这种行为投射到自己身上，具体而清晰地理解其中的意义。很多时候都有类似的情形。

二〇一〇年十一月至二〇一一年七月，我在各地（从东京、檀香山到瑞士）抓住机会进行了一连串访谈，收录于本书中。这段日子对小泽先生而言，也是人生中相当重要的时期。其间，他基本都在疗养。接受过几次辅助性的手术，也为了恢复因食道癌手术丧失的体力，在健身房进行康复训练。碰巧我们俩去的是同一家健身房，因此我多次见过他在泳池里专心地游泳的身影。

二〇一〇年十二月，小泽先生在纽约卡耐基音乐厅与斋藤纪念管弦乐团联合举办了一场戏剧性的复出音乐会。我遗憾未能参加，但从录音听来，那的确是一场呕心沥血的精彩演出。任谁也能看出消耗的体力十分惊人。此后经过大约半年的静养，小泽先生又在今年六月主办了每年在瑞士日内瓦湖畔开讲的小泽征尔瑞士国际音乐学院的讲座。他除了热心指导年轻后辈，还再度登上指挥台，率领该学院的乐团在日内瓦和巴黎演出。这几场音乐会非常成功，我有幸近距离目睹此行（我随小泽先生同行十日），为他置生死于度外的斗志深深感动之余，不免担心如此拼搏，他的身体是否能承受。小泽先生耗尽浑身气力所迸发的能量，成就了此行中完美又震撼人心的演奏。

不过他的表现让我有深深的感触——他的确非如此不可。即使医生、健身房教练与亲友再三劝阻（当然大家多少都劝阻过），他就是非把这件事做完不可。因为对小泽先生而言，音乐就是人生不可缺少的燃料。换个极端些的说法，如果不定期将现场演奏的音乐注入体内，他恐怕就无法维持生命。只有用自己的双手编织音乐，赋予其鲜活的生命，再呈现于众人眼前（甚至该说，唯有通过这个过程），他才能感觉到自己真正活着。若是如此，又有谁能阻拦？基于理性的考虑，连我都想奉劝他："小泽先生，您或许该耐住性子，好好休养一阵，等体力完全恢复再开始演出活动比较好。您的心情不难理解，但欲速则不达呀。"但一看到他竭尽全力站上指挥台，这番话又被我硬生生吞了回去，担心这话一旦出口，势必沦为谎言。简单地说，他生活在一个超越这种合理考虑的世界里，如同野生的狼，唯有在森林深处才能生存。

这一连串访谈的初衷，并不是要深入勾勒出小泽征尔先生的性格。它们不是新闻报道，也不是传记。身为一介乐迷，我企图尽量直率地敞开心扉，与小泽征尔这位音乐大师聊聊音乐，也试图诚实地刻画出我们两人对音乐献身般的执着（程度当然有别）。这才是我撰写本书的初衷，也认为自己在一定程度上算是成功了。访谈虽已结束，但和小泽先生一同欣赏音乐，一起度过了一段快乐时光的感受，依然在我心头萦绕。想来或许该为本书起个类似"与小泽征尔先生共度的午后时光"（Afternoons with Seiji Ozawa）的书名。

读了本书就会发现，小泽先生的话语间屡屡自然地闪耀着令人赞叹的耀眼光辉。话说得平淡自然，却蕴藏着不少锐如利刃、精心雕琢的灵魂投影。套句音乐术语，类似一种一不留神便会听漏的精致内声部。就这点而言，他是个需要细心回应的受访者。进行访谈时，心中要随时保持唯恐漏听一丝细微声响的警惕。若是遗漏了这些微妙的暗示，很可能曲解整番话的原意。

就这点看来，小泽先生不仅是个自创一套逻辑的“野孩子”，同时也拥有许多深奥而实际的智慧。既缺乏耐性，又韧性十足。虽能开朗地接纳旁人，却又活在深沉的孤独中。他身上同时存在这种双重个性，如果只选取一方面来看，必将扭曲他的真实面貌。基于这种考虑，我试图尽量公正地将小泽先生的话语转换为文字。

即便如此，我与小泽先生共度的时光仍然十分快乐，也诚挚地期望通过本书，与读者分享这份欢愉。此外，我要向带给我这份欢愉的小泽先生致以最深的谢意。为了长期进行这一连串访谈，必须克服种种现实中的难关，但大师一句“这么说来，我以前还没好好谈过这些事”，对我来说就是至高无上的报酬。

我衷心期望小泽先生能为世界带来更多的“好音乐”。就像爱一样，好音乐永远不嫌多。将其视为重要燃料、需要时时补充好音乐方能度日的乐迷，世上也是多不胜数。

在本书的撰写过程中，我曾受到小野寺弘滋先生不少照顾。我缺乏音乐方面的专业知识，幸有古典音乐造诣深厚的小野寺先生在术语与史料上提供宝贵建议。谨此致谢。

村上春树

第一次

关于贝多芬《第三钢琴协奏曲》

这段最初的对话，是二〇一〇年十一月十六日在我位于神奈川县的家中进行的。当时我播放着家中收藏的LP和CD，两人促膝长谈关于这些音乐的话题。为避免对话流于散漫，我计划在每次对谈前先设定一个松散的主题。第一次便以贝多芬《第三钢琴协奏曲》为中心进行对话。当时是聊到古尔德和伯恩斯坦，才谈到这些，但事后，小泽先生和内田光子小姐竟排定于十二月（在对谈时来说是翌月）在纽约共同演奏这首曲子。

遗憾的是，小泽先生腰痛的宿疾在乘飞机时再次发作，侵袭纽约的严寒又让他感染了肺炎，因此未能与内田小姐共同演出（由代理指挥接手）。但当天我们俩在午后的三个多小时里，从这首协奏曲展开了丰富的对谈。

对谈过程中有用餐的情节，因为小泽先生需要定期补充少量营养和水分。为避免他过度疲劳，其间也适度地休息过。

先谈谈勃拉姆斯《第一钢琴协奏曲》

村上 记不清是什么时候了，有一次曾经与小泽先生您聊起一九六二年格伦·古尔德与伦纳德·伯恩斯坦在纽约爱乐乐团的音乐会上演奏勃拉姆斯《第一钢琴协奏曲》的事。演奏开始前，伯恩斯坦曾带着辩解的意味向观众宣称："这次演奏的风格与我原本想象的并不相符，是被古尔德先生改成这样的。"

小泽 嗯，当时我担任兰尼[①]的副指挥，正好也在场。演奏开始前，兰尼忽然上台，面向听众席说起话来。那时我听不太懂英语，四处向旁人打听他说了些什么，才知道他说的大概是这句话。

村上 他当时这番话也录进了我这张实况录音版的唱片里。就是这句。

小泽边听伯恩斯坦这番话，边读起唱片附录中的译文。

---

① Lenny，伦纳德·伯恩斯坦的昵称。（无特殊说明，本书注释皆为编注。）

小泽　对对，就是这段话。当时我直担心，在演奏前说这种话会不会不太妥当。直到如今还这样想。

村上　不过，话里多少带点幽默，听众虽然困惑，却也有不少笑声。

小泽　没错。毕竟兰尼口才过人。

村上　这番话的语气并不凶恶。不过是想向大家解释一下，乐曲节奏并非依照他自己的意愿，而是依照古尔德的指示才会变成这样。

宣言结束，演奏开始。

村上　嗯——节奏的确慢得出奇。不难理解伯恩斯坦为何要向听众解释一番。

小泽　这演奏明显是一二三、四五六的大二拍，不过兰尼挥棒六次。如果只挥两次，恐怕要慢到叫人发慌，所以分成了六拍。通常该用的是一咚咚、二咚咚，也就是一……二……的挥法。总之挥法虽然形形色色，但多数人都会选择这种。只是这么挥实在太慢，不得不改成一二三、四五六。所以演奏起来不大流畅，有时甚至会出现停顿。

村上　不知钢琴的部分会变得如何？

小泽　钢琴应该也是这样。

进入钢琴演奏的部分。

村上 的确，钢琴也弹得很慢。

小泽 如果不知道有其他演奏风格，倒也不难听。有种乡间的悠闲气息。

村上 但对演奏者而言，这种拖长的奏法会不会很困难？

小泽 嗯，你听，到这一段时，的确叫人感到困惑。

村上 在这一段（音变强，加入了定音鼓），管弦乐的演奏听来有点散。

小泽 嗯。不过，这不是在曼哈顿中心录的吧？听来像在卡耐基。

村上 对。这是卡耐基音乐厅的实况录音。

小泽 噢，难怪音质有点沉闷。其实在这场演奏的第二天，又在曼哈顿中心正式录音了。

村上 同样是勃拉姆斯《第一钢琴协奏曲》？

小泽 没错。但这场录音并没有制成唱片销售。

村上 的确没有。

小泽 身为副指挥，这场录音我也在场。兰尼在宣言中说过“不亲自指挥，会委托副指挥执棒”。这副指挥指的就是我。（笑）

村上 该不会是两人之间的协调性打破了，伯恩斯坦才委托小泽先生您指挥吧……不过这场演奏的确带点紧张感。

小泽 没错没错，不够从容。

村上 慢到这种程度，还真叫人担心随时会变得七零八落。

小泽 没错，稍有闪失就可能变得七零八落。

村上 我倒是记得曾在哪本书上读到过，古尔德在克利夫兰演奏时，也曾与塞尔意见不合，后来是由副指挥执棒。

第一乐章的钢琴独奏部分。

小泽　虽然慢得出奇，但听古尔德这么弹奏，又觉得似乎可行。听起来全然不坏。

村上　看来他的节奏感必定十分敏锐，能在设定的框架中巧妙配置乐声，从头到尾都能拖得够长。

小泽　完全掌握住了节奏。但兰尼也不甘示弱，听得出他同样很卖力地指挥。

村上　不过，这首曲子通常该演奏得更热情奔放。

小泽　嗯，应该更热情些。这样演奏的确感觉不出多少热情。

钢琴奏起第一乐章中优美的第二主题。

小泽　这一段的节奏也不错。就是第二主题这部分。您听，很不错吧？

村上　的确不错。

小泽　先前那些强音的部分听起来有点松散，变得带点乡间气息，但这一段就很耐听了。

村上　方才小泽先生您说兰尼很卖力指挥，但也认为指挥家在演奏前这样宣称，似乎有欠妥当，是吗？

小泽　我认为是有欠妥当。但毕竟是出自兰尼之口，大家多多少少都能接受。

村上　应该抛开先入为主的观念，单纯地欣赏音乐。但兰尼可能想明确指出这首曲子的演奏理念是由谁决定的吧？

小泽　可能是这样。

村上　演奏协奏曲时，乐曲的理念通常不是由指挥家就是由独奏者决定，是吗？

小泽　演奏协奏曲前，独奏者通常必须进行较为缜密的练习。指挥家大都从两周前开始，但独奏者大约半年前就得开始练习，从那时起就得全心投入。

村上　那会不会有指挥家占强势，大小事都得听他指示的时候？

小泽　或许真的有。例如卡拉扬老师发掘的小提琴家安妮·索菲·穆特，起初录制些莫扎特，之后是贝多芬的协奏曲，这些都听得出完全是卡拉扬老师的音乐风格。后来试着换个指挥家，被选中的正是我。只因为卡拉扬老师一句“这回和征尔合作看看”，我就执起了指挥棒。记得当时演奏的是拉罗的西班牙什么的……是她还只有十四五岁时的事。

村上　是《西班牙交响曲》。记得我有那张唱片。

窸窸窣窣地在唱片架上搜寻，最后终于找到了。

小泽　对对，就是这个。真令人怀念呀……法国广播爱乐乐团。真不敢相信您竟然连这种唱片都有，这张连我都没有了。以前家里曾有几张，后来不是送人，就是被谁给拿走了。

卡拉扬与古尔德版的贝多芬《第三钢琴协奏曲》

村上 卡拉扬与古尔德曾合作贝多芬《第三钢琴协奏曲》，今天想听听这场演奏。这不是正式录音，而是一九五七年在柏林举办的音乐会的实况录音，由柏林爱乐乐团协奏。

第一乐章，管弦乐团漫长厚重的序曲结束，古尔德的琴声取而代之，后来两者开始合奏。

村上 这一段的管弦乐与钢琴演奏似乎不大契合。

小泽 的确有落差。噢，这一段的进入方式也有点不同。

村上 是不是事前没充分做好合奏的准备？

小泽 不，当然准备过。但像这种独奏者演奏的时候，管弦乐都得尽量配合才对……

村上 该不会是当时的卡拉扬与古尔德在层次上还有点落差吧？

小泽 可以这么说。一九五七年，古尔德刚出道不久。

村上 我认为管弦乐演奏开头，有浓郁的贝多芬或说德国音乐的风格。但古尔德可能想稍稍尝试一下偏离和拆解这种风格，构建自己的音乐诠释。这两种方向没有完美结合，结果稍嫌生涩松散。话虽如此，听起来也不至于太差。

小泽 古尔德的音乐风格是十分自由的。身为加拿大人，他并不住在德语圈内，而是个住在北美的非欧洲人。或许这也是产生差异的原因。相比之下，贝多芬在卡拉扬老师脑海里的形象早已根深蒂固，因此一起奏便是很德国式的严谨的交响乐。再者，卡拉扬老师也完全没打算迎合古尔德的风格。

村上　卡拉扬似乎只想把自己的部分指挥好，剩下的就任由古尔德自由发挥。因此在钢琴独奏或是华彩乐段的部分，古尔德得以展现独特的风格，但也让人感觉与前后的演奏不大契合。

小泽　但卡拉扬老师似乎对这一点毫不在意。

村上　的确毫不在意，只是一味沉浸在自己的世界里。古尔德也是打一开始就没期望有多契合，决定依照自己的方式演奏。感觉上，卡拉扬的音乐表达方式是垂直的，古尔德是水平的。

小泽　不过听起来还真有趣。没有多少协奏曲会这样毫不考虑独奏者，自顾自地演奏管弦乐。

古尔德与伯恩斯坦版的贝多芬《第三钢琴协奏曲》

村上　好，接下来要播放的同样是贝多芬《第三钢琴协奏曲》，不过是与卡拉扬合作两年后，于一九五九年进行的演奏。是古尔德与伯恩斯坦联手哥伦比亚交响乐团的正式录音室录音版本，该乐团以纽约爱乐乐团成员为中心编组而成。

管弦乐奏起序曲，带有一股将黏土使劲掷向石壁般的率直。

小泽　这与跟卡拉扬老师合作的演奏截然不同，不带交响味。

但这管弦乐的乐声听起来非常老气。

村上 我本来不感觉这演奏老气，但听完刚才卡拉扬版的演奏后再听，明明是两年后的录音，相比之下却显得老气横秋。

小泽 非常老气。

村上 听起来老气，会不会是录音的问题？

小泽 或许多少有点关系，但不应只有这一个原因。不过，麦克风摆得离乐器实在太近了。在美国，以前基本都是这么录音的。卡拉扬老师的版本似乎录得比较完善。

村上 魄力十足却略显沉闷的音质，当年大概比较符合美国听众的偏好。

进入古尔德的钢琴演奏。

小泽 这是两年后录的？

村上 是那场勃拉姆斯“协奏曲宣言”的三年前，与卡拉扬合奏的两年后。演奏的气氛与两年前截然不同。

小泽 嗯，相比之下，这个版本格伦的风格要明显得多。打一开始就拖得长长的，不过，嗯——不知这么说是否妥当……听来或许像在拿卡拉扬老师和伯恩斯坦作比较。有个词叫direction，方向性，也就是音乐的方向性。卡拉扬老师似乎天生就具备一种演奏拖延乐句的能力，也将这种演奏拖延乐句的诠释方式传授给了我们。相比之下，兰尼是个天才，天生具有创造乐句的能力，但并不会按照自己的想法刻意这样演奏。卡拉扬老师则是有计划性、有意图地这么做，例如在演奏贝多芬或者勃拉姆斯的时候。因此一演奏勃拉姆斯，他这种意图就显得十分强烈。有时为了将这个放在第一位，甚至不惜牺牲合奏的细节，同时也要求我们这些学生这么做。

村上　甚至不惜牺牲合奏的细节？

小泽　意思就是，即使细节不大协调，也不必在意。最长最粗的那条线比什么都重要，这就是方向性。Direction 这个词虽然是方向的意思，但在音乐领域还多了“联系”的因素。既有细的 direction，也有长的 direction。

管弦乐团在钢琴的伴奏下奏出了三个上升音。

小泽　这三个音也是一种 direction。你听，就是这“啦、啦、啦”的部分。有些人奏得出来，有些人就没有这种能力。这部分算是一种让音乐更充实的修饰。

村上　伯恩斯坦这种 direction 并不是出于理性的计算，而是与生俱来的本能？

小泽　可以这么说。

村上　演奏顺利或许还好，但稍有闪失，可能就会变得七零八落。

小泽　没错。相比之下，卡拉扬老师会在事前对 direction 作充分规划，也会明确要求管弦乐团配合。

村上　在演奏前，音乐已经在脑海里充分构思过了？

小泽　嗯，可以这么说。

村上 而伯恩斯坦就不会这样？

小泽 或许有时是……出于本能的即兴发挥。

古尔德缓缓独奏。

小泽 这一段忽然又变得很慢对不对？这就是格伦的特征。

村上 可以自由转换节奏。他这种风格，会不会让为他伴奏变得很困难？

小泽 当然。

村上 是不是好比练习时得细心掌握对方的呼吸，并试着配合他？

小泽 的确如此。但这种级别的演奏家，在正式演奏时也能迅速进入状态。双方都充分计算好了……与其说是计算，不如用信赖来形容更妥当。大家认为我很严肃，所以我很容易获得信赖。（笑）与我合作时，独奏者也常按自己的意思演奏。（笑）如果顺利，能创造出十分精彩的演出，音乐听起来会更自由。

钢琴独奏，下行经过句。接着管弦乐加入演奏。

小泽 刚才是下行对不对？在管弦乐加入演奏前，格伦还“咚”地加入一个重音。

村上 加入一个重音？

小泽 指挥家事前指示他“在这里加入一个重音”。这是乐谱上没有的标记。原本并没有这个标记。

钢琴第一乐章即将结束，进入有名的漫长华彩乐段。

小泽　他就是这么弹钢琴的，椅子调得低低的（摆出压低的坐姿）。我实在不大理解这个习惯。

村上　当时古尔德就很有名了？

小泽　嗯，已经很有名了。记得我第一次见到他，心中也是十分雀跃。但我没和他握手。他随时都戴着手套。

村上　听起来真是个怪人。

小泽　我在多伦多时听说过不少关于他的轶事，其中有些的确很奇怪。也曾到他家做客……①

华彩乐段的最后一段。音乐速度变换得令人眼花缭乱。

村上　这一段还真是演奏得自由自在。

小泽　的确。他可真是个天才。这样演奏听来十分有章可循。其实他几乎没依照乐谱，但听起来又没什么不对劲。

村上　几乎没依照乐谱？不是只在华彩乐段或独奏的部分？

小泽　嗯，不是只在这些地方。这就是他的厉害之处。

---

①很遗憾，这几段有趣的故事无法写进书里。原注。

第一乐章结束。抬起唱针。

村上　其实，我在高中时期听了这张古尔德与伯恩斯坦的唱片，就爱上了这首C小调协奏曲。第一乐章很不错，而第二乐章的管弦乐演奏里有古尔德的琶音做陪衬，听来十分精彩。

小泽　是指木管乐器演奏的那段吧？

村上　对对。换成普通的钢琴家，会老老实实地配合伴奏，但古尔德却选择用对位法与之正面对决。这点我从前就很欣赏，和其他钢琴家的演奏截然不同。

小泽　这是出于绝对的自信。来听听吧。为了与斋藤纪念管弦乐团以及内田光子在纽约演奏这首曲子，我目前正好也在研究。

村上　听来非常有趣。会是什么样的演奏呢？

翻过唱片，开始播放第二乐章。播放前，两个人分享了热乎乎的焙茶和糕饼。

村上　这第二乐章指挥起来困不困难？

小泽　困难，非常困难。

村上　听起来非常缓慢，但依然优美。

钢琴独奏，接着管弦乐悄悄加入演奏。

村上　和方才播放的相比，管弦乐的音质似乎不再那么僵硬了。

小泽 嗯，的确好多了。

村上 方才是不是肩膀过于僵硬的原因？

小泽 或许是。

村上 第一乐章的音质带点紧迫感，或许是一开始独奏者与指挥家姿态有点对立。听过其他人演奏的版本，就会发现第一乐章的进入方式明显分为对决和协作两种模式。例如鲁宾斯坦与托斯卡尼尼一九四四年的实况录音，听来仿佛在吵架似的。小泽先生听过那个版本吗？

小泽 没有没有。

古尔德在木管乐器演奏时衬以华彩乐段。

小泽 这里这里。您说的就是这部分。

村上 没错。本应是伴奏，但这演奏方法明显是计划过的。

小泽 古尔德完全没把这当伴奏。

古尔德奏完这个乐句，忽然中断，随后又奏起下一乐句。

小泽 注意刚才那个中断。从这里可以听出格伦的演奏有多自由。这种中断就是他最大的特征。

接下来是钢琴与管弦乐优美细密的交融。

小泽　这一段是百分之百的古尔德风格，听得出他完全掌握了主导权。不是常说东方人很重视如何留白？但在西方音乐界，像古尔德这样的人也懂得留白。当然并不是每个人都会，普通人不会这么做，像他这类人就做得来。

村上　普通人不会这么做？

小泽　大都不会。即使做了，也没办法处理得如此自然，无法像这样信手拈来。留白这东西，不就该这样信手拈来？只要是高手（不论东方还是西方），都深谙同样的道理。

村上　至今为止，您唯一一次录制这首曲子，是否就是和塞尔金合作的那次？

小泽　没错，只有那次。我和塞尔金把整首协奏曲都演奏完毕，事后还计划合作勃拉姆斯的所有协奏曲。可惜还没来得及付诸行动，他就因病辞世了。

村上　的确是很遗憾。

管弦乐静静地奏起漫长的乐句。

村上　拖得这么慢、这么长，管弦乐团应该很辛苦吧？

小泽　当然辛苦。

钢琴与管弦乐以缓慢的节奏相互交融。

小泽　噢，刚才那段，好像没对上。

村上　的确有点杂乱。

小泽　这段演奏有点太自由了。我刚才也算过（拍子），似乎演奏得太自由了点。

村上　不过，刚才那场卡拉扬与古尔德的演奏，不是也有些地方完全对不上？

节奏慢得惊人的钢琴独奏。

村上　但能以不缓慢又不沉闷的方式弹奏这第二乐章的钢琴家，似乎没几个吧？

小泽　嗯，的确如此。

第二乐章结束。

小泽　我第一次与人演奏这首协奏曲，是在芝加哥拉维尼亚音乐节[①]上，与一位叫拜伦·贾尼斯的钢琴家合作。

村上　贾尼斯，这个人我听说过。

小泽　第二位合作对象是布伦德尔。我和他在萨尔茨堡一同演奏了贝多芬《第三钢琴协奏曲》。记得第三位是内田（光子）小姐，接下来就是塞尔金。

---

① Ravinia Festival，每年夏季在芝加哥郊外举行的音乐节，主要演奏者为芝加哥交响乐团。原注。

塞尔金与伯恩斯坦版的贝多芬《第三钢琴协奏曲》

村上 要不要再听听另一个版本的《第三钢琴协奏曲》?

小泽 好。

第一乐章开始。开头是快节奏的管弦乐。

小泽 这回的感觉又完全不同了。噢，演奏得很快呢，简直像在赶路。

村上 很粗犷吗?

小泽 粗犷的同时，又有速度感。

村上 合奏感觉也很不安定。

小泽 是很不安定。

继管弦乐的序曲之后，钢琴也开始以强劲的速度弹奏。

小泽 两人的干劲可真契合。

村上 双方都想尽力全速演奏。不过似乎有失稳定?

小泽 指挥明显只挥棒两次，而不是四次。原本是四拍的，这下变成两拍了。

村上 是不是因为速度太快，变得只能挥两次?

小泽 以前的乐谱里，有些是印成两拍的，虽然如今公认四拍的乐谱才正确。这场演奏开头显然是以两拍演奏的，所以听起来有点不稳。

村上 该挥四次还是两次，取决于乐曲的速度？

小泽 没错。若想演奏得缓慢点，不管怎样都会变成四拍。根据近年的研究，这首曲子的正确奏法应该是四拍。但在我念书的年代，挥两次或四次都可以。

村上 这我还是初次听闻。这是塞尔金、伯恩斯坦与纽约爱乐乐团的演奏。录制于一九六四年，也就是与古尔德合作五年后。

小泽 演奏方式还真有点费解。

村上 不知为何要演奏得这么急？

小泽 完全无法理解。

村上 塞尔金的钢琴应该不至于弹得如此急促。难道当年流行这种演奏方式？

小泽 或许真有可能。如果在一九六四年……当年最受瞩目的是受早期音乐影响的演奏方式。这种奏法节奏大都很快。因为弦乐器的弓也较短，所以残响较少。或许原因就在这里。这种奏法几乎可以用一气呵成来形容，与德国式的曲风可谓南辕北辙。

村上 纽约爱乐这种倾向尤其明显？

小泽 与柏林爱乐、维也纳爱乐相比，总是少了点德国味。

村上 波士顿交响乐团又不一样？

小泽 对。波士顿交响乐团的风格比较温和。如果让他们这样演奏，管弦乐团可能要抗议了。

村上 芝加哥交响乐团的风格则与纽约爱乐相近？

小泽 很相近。克利夫兰交响乐团也绝不会这样演奏。相比之下，克利夫兰交响乐团的风格比较接近波士顿交响乐团，非常沉稳，不会这么粗暴。不过管弦乐团也就算了，这钢琴竟然是塞尔金弹的，还真叫人难以置信。弹得实在不够稳。

村上 见识到卡拉扬如何诠释贝多芬，伯恩斯坦或许多少想用不同的风格来抗衡？

小泽 或许多少有一点。但兰尼指挥贝多芬《第九交响曲》的末乐章时，演奏得非常慢。这场音乐会大概没录制成唱片，我是在电视上看的。音乐会在萨尔茨堡举行，所以管弦乐团不是柏林爱乐就是维也纳爱乐。演奏时，节奏慢得几乎叫人啧啧称奇。最后不是有段四重唱吗？就是那一段。

就是想演奏德国乐曲

村上 小泽先生先是在纽约爱乐，后来才去柏林爱乐的？

小泽 没错。在柏林待过之后，又回纽约爱乐担任兰尼的副指挥，后来被卡拉扬老师找回柏林爱乐，在那儿出道。初次靠指挥领到薪水，就是在回到柏林爱乐的时期。当时指挥了石井真木与鲍里斯·布拉赫的管弦乐作品，以及贝多芬的交响曲，只是记不清是《第一交响曲》还是《第二交响曲》了。

村上 在纽约爱乐待了多久？

小泽 两年半，从一九六一年到一九六三年年中。一九六四年就在柏林爱乐指挥了。

村上　当时的纽约爱乐与柏林爱乐，乐风想必截然不同吧？

小泽　可说是大相径庭。如今还是截然不同。现在信息如此畅通，管弦乐演奏家交流频繁，文化也全球化了，但两者的乐风仍然是大异其趣。

村上　我倒是记得六十年代的纽约爱乐乐风坚硬，而且咄咄逼人？

小泽　嗯，那可以说是兰尼的时代，他指挥的马勒交响曲集的录音尤其坚硬。像这么不稳的演奏，我还真没听过。

村上　稍早与古尔德合作那张，虽不至于不稳，但乐风的确是硬邦邦的。难道美国听众偏好那种风格？

小泽　不，应该不至于。

村上　但乐风大不一样呢。

小泽　不是常有人说，管弦乐的乐风因指挥家而异？这种倾向最明显的就属美国的管弦乐团了。

村上　欧洲的管弦乐团不会有这么大的差异？

小泽　像柏林爱乐或维也纳爱乐这些乐团，即使换个指挥家，也几乎不会失去半点原有的风格。

村上　但在伯恩斯坦离开后，不是有许多人赴纽约爱乐指挥吗，例如祖宾·梅塔、库特·马祖尔等人？

小泽　还有布列兹等。

村上　即使如此，乐风还是没多大变化？

小泽　嗯，感觉不出有什么变化。

村上　我也听过许多指挥家指挥纽约爱乐的录音，的确总差那么一点儿。请问这是什么缘故？

小泽　兰尼并不喜欢在排练时严格指导乐团。

村上　因为他已经够忙了？

小泽　嗯，可以这么说。或许这种天才型的人在指导乐团上并不见长。他是位优秀的教育家，但实在说不上擅长实际训练。

村上　但对指挥家而言，乐团不就相当于作家的文体？写作时力求让文体符合需求，应该是理所当然的心态呀……不过，他对演奏的水平就不妥协了吧？

小泽　当然不妥协。

村上　这是否与我们稍早聊到的方向性有关？

小泽　嗯，是有关系，但他并不指导演奏方式。

村上　不指导演奏方式是指……

小泽　就是乐器的演奏方式。兰尼不太注意协奏的方法，卡拉扬老师对这方面比较重视。

村上　协奏的方法？可否说得具体些？

小泽　就是该如何进行协奏。他不指导这个，或许该说是不知如何指导。对他这种天才来说，这是如同天性的东西。

村上　意思是对于在他面前演奏的乐团，他不知该如何指导团员“你这么演奏或那么演奏”？

小泽　具体来说，高手或专业的指挥家会向乐团下指示。必须明确指示现在该突出这件乐器，接下来该突出那件乐器，如此一来，乐团的演奏才会协调。

村上　也就是说，告诉乐团该在什么时候将哪件乐器当作焦点，是不是？

小泽 是的。现在突出大提琴，接下来是双簧管，诸如此类。卡拉扬老师在这方面简直是个天才，排练时把一切交代得清清楚楚。这种指导乐团的方式，兰尼极不擅长。或许也不是不擅长，而是对这种事毫无兴趣。

村上 不过，他应该很清楚自己想要什么声音吧？

小泽 这是当然。

村上 却不知该如何指导团员奏出他想要的声音？

小泽 没错。但不可思议，兰尼是位非常优秀的教育家。例如赴哈佛大学演讲时，他事先做好充分准备，完成了一场精彩的演讲。这场演讲非常有名，后来还被编撰成书。但在指导乐团方面，他却不是这样，完全没有“指导”的意愿。

村上 噢。这真是不可思议。

小泽 对我们这些副指挥也是如此。我把兰尼视为老师，希望他能教我些什么，但他却不这么看待我们的关系，而是将我们视为同事。因此若是注意到了什么，他就要求我们注意，也表示自己会注意。他的思考中，有这种善良的美国人的平等观念。虽然在管理体系上，他是我们的上司，却不认为自己是我们的老师。

村上 和欧洲人截然不同。

小泽 完全不同。他也用这种态度面对乐团，于是不知该如何指导。因此一有类似指导的动作，就会变得很麻烦。此外，一直贯彻这种平等主义的观念，有时也会发生不是指挥家对团员发脾气，而是团员愤怒地顶撞指挥家的情况。我就亲眼见过好几次。而且不是半开玩笑，是面对面地直接开骂。在普通乐团里，这是难以想象的事。

过了许久，在我们创立斋藤纪念管弦乐团之后，也遇到类似的情况。斋藤纪念管弦乐团的大多数团员都是曾与我共事多年的朋友。如今这样的朋友越来越少了，在最初的十年里，大家都勇于向我提出意见。但也有些团员不喜欢这一套，尤其是外来的团员，总是无法融入这种气氛，认为这么做只会浪费时间。甚至有人告诉我，身为大师根本没必要花心思理会每个人的意见。但我还是尽量倾听每一个意见。

不过，兰尼面对的不是这种由志同道合的朋友自发组成的乐团，而是网罗超一流高手的管弦乐团。在这种情势下，要坚持平等主义，倾听大大小小的意见，排练时得多花多少时间，我亲眼见识过太多次了。

村上　大家都不会心服口服地聆听指导？

小泽　他大概是想当个“好美国人”，但有时似乎好过了头。

村上　即使秉持这种原则，看见团员老奏不出自己追求的声音，应该还是有挫折感吧？

小泽　我也这么认为。大家都兰尼、兰尼地直呼他的名字。虽然大家也征尔、征尔地叫我，但他的情况更彻底。也有些团员就这么爬到他头上，对他直说“嘿，兰尼，这么做不对吧”。这种事接连发生，导致排练受阻，总是无法在预定时间内练完。

村上　这种事顺利的时候能带来热烈的讨论，琢磨出优质的音乐，但不顺利时反而会破坏音乐的品质。

小泽 没错。会让音乐失去统一性。有时还真会发生这种事。在斋藤纪念管弦乐团最初那些年里，有的团员叫我征尔，也有些称呼我小泽先生或大师。当时我忽然想起，噢，兰尼当时就是带着这种心态和大家共事的吧。

村上 卡拉扬就不是这样？

小泽 卡拉扬老师毫不理睬他人的意见，一发现自己追求的声音与乐团奏出的有出入，就立刻怪到乐团头上。他会命令乐团不断演奏，直到奏出符合他期待的声音。

村上 果然很明确。

小泽 至于兰尼指导排练时，则是大家都在闲聊。我一直觉得这不太妥当。因此在波士顿期间，彩排中只要有谁说话，我就静静地瞪着他，马上就能制止团员的窃窃私语。但兰尼从不这么做。

村上 卡拉扬会怎么做？

小泽 就我看来，卡拉扬老师对这点要求非常高。他晚年有一次率领柏林爱乐来日本演出，排练时演奏马勒的《第九交响曲》。这并不是为了在日本演出安排的，而是回柏林后才演奏的曲目。也就是说，排练的并不是第二天将演奏的曲子，因此团员们似乎有点散漫。当时我也在厅内听他们排练，发现大家竟然都在聊天。卡拉扬老师暂停演奏叮嘱团员时，大家都开始窃窃私语。这时卡拉扬老师朝我转过头来，高声说道："喂，征尔，有没有见过排练时这么吵的乐团？"（笑）被他这么一问，我还真不知该怎么回答了。

村上 那时他的统御能力或许有点衰落了。据说他与柏林爱乐的团员也起过不少争执。

小泽　到最后双方才得以修好。在情况好转之前，关系的确不太妙。

村上　观摩小泽先生的排练时，我发现您会给乐团做出情绪细节一类的指示。比方说，这段应该奏出什么样的情绪之类。

小泽　嗯……有吗？我自己不太清楚。

村上　不过，随着指挥家的更换，波士顿交响乐团的乐风似乎有所改变。

小泽　的确如此。

村上　明希长年担任常任指挥，接下来由莱因斯多夫接任，后来就是小泽先生您了吧？

小泽　莱因斯多夫之后，还有斯坦伯格，之后才是我。

村上　哦。

小泽　我指挥三四年后，乐风有了变化。演奏方式改成德国式的弦乐奏法，琴弓下得很深，音质变得较为沉重。在那之前，波士顿交响乐团的音质都比较轻盈柔美。因为主要是演奏法国音乐，又深受明希和蒙特的影响。蒙特虽不是音乐总监，但时常来造访。莱因斯多夫的风格也不算太德式。

村上　那么，到了小泽先生的时代，乐风就改变了？

小泽　我非常想指挥德国乐曲。无论怎样，就是想指挥勃拉姆斯、贝多芬、布鲁克纳、马勒等人的作品。因此我要求团员用德国式的弦乐奏法演奏弦乐。有位首席演奏者不愿配合，到头来还为此辞职，此人就是希尔弗斯坦。他兼任副指挥，却以音质不够干净为由拒绝这种演奏风格。他的抵抗十分顽强，但指挥毕竟是我，他只能请辞离开。他从此独立活动，后来成为犹他交响乐团的音乐总监。

村上　但小泽先生您也指挥过巴黎的管弦乐团。看来哪一种音乐都难不倒您。

小泽　不不，我毕竟是卡拉扬老师的学生，基本还是擅长德国音乐。只是到了波士顿后喜欢上明希，也开始指挥法国音乐。拉威尔和德彪西的作品，我全都指挥过，也录了音。法国乐曲是到波士顿后才学会的，毕竟老师从没教过。只指挥过《牧神午后前奏曲》。

村上　哦？原来如此。我一直以为小泽先生最擅长法国音乐。

小泽　不不，在那之前，要说柏辽兹的作品，我指挥过的大概只有《幻想交响曲》。顶多只在唱片公司要求时，稍稍试着指挥一些柏辽兹的其他作品。

村上　柏辽兹的难度会不会很高？我常感觉听起来有点难解。

小泽　或许不该说难度高，而是音乐本身太疯狂，有些地方的确难解。但正因如此，柏辽兹似乎很适合东方人，有让我们尽情挥洒的空间。我曾在罗马指挥过柏辽兹的歌剧《本韦努托·切利尼》。当时我有机会自由选择作品演出，听众也听得很开心。

村上　这一点，德国乐曲就办不到了。

小泽　没错没错。柏辽兹不是还有一首类似安魂曲的作品吗？那首曲子叫什么来着？对了，叫《纪念亡灵大弥撒》，需要用上八组定音鼓。那首曲子也曾让我自由挥洒。在波士顿初次演奏之后，又在不少地方演奏过。明希过世时，为了追悼他，还在萨尔茨堡指挥他率领的巴黎管弦乐团演奏过。

村上　所以小泽先生您在波士顿交响乐团时常指挥法国乐曲，并非主要出于自己的选择，而是应唱片公司的要求？

小泽　是呀。再加上团员们也想尝试法国乐曲，塑造自己的法式乐风。所以在那段时期，我指挥了许多有生以来初次尝试的曲目。

村上　在德国时指挥的曲子，德国乐曲占绝大多数？

小泽　对。卡拉扬老师几乎只指挥德国乐曲。但也要求我指挥过巴托克一类的曲子。

村上　但您在波士顿交响乐团就任后，就耐心地引入德式演奏法，创造了适合演奏德国乐曲的环境。

小泽　对。接下来滕斯泰特、马舒尔等德国指挥家也爱上了波士顿交响乐团，几乎年年来客座演出。

五十年前，爱上马勒

村上　您是从什么时候开始指挥马勒的？

小泽　我是受兰尼的影响喜欢上马勒的。担任他的副指挥时，他正好在进行马勒交响曲集的录音工作，我就这么在一旁学习。到多伦多交响乐团和旧金山交响乐团后，我马上开始尝试指挥马勒的所有作品。后来到了波士顿交响乐团，也将所有曲子指挥了两遍。当我还在多伦多交响乐团和旧金山交响乐团的时候，能指挥马勒所有交响曲的指挥家，除了兰尼别无他人。

村上　卡拉扬似乎也没指挥过多少马勒的曲子。

小泽　卡拉扬老师有很长一段时期几乎没指挥过马勒的作品。所以我在柏林爱乐，以及后来到了维也纳爱乐时，便在他的指示下指挥了许多马勒的曲子。最早就是像这样集中地演奏马勒的作品。现在维也纳爱乐碰巧来日本演奏，可惜我身体出了问题，否则马勒《第九交响曲》和布鲁克纳《第九交响曲》原本该由我来指挥。

村上　指挥起来想必十分辛苦吧？

小泽　他们这次在日本演奏了布鲁克纳《第九交响曲》，但并没有演奏马勒《第九交响曲》，说是要等我身体恢复了再来执棒。

村上　那您真得努力进行康复训练了。

小泽　没错。（笑）总之，当年马勒着实让我痴狂。那已经是五十年前的事了。

村上　就是因为有这番经历，您在斋藤纪念管弦乐团时，才自然而然地以德国乐曲为重心？

小泽　是的。三年前演奏的柏辽兹《幻想交响曲》，是斋藤纪念管弦乐团首度尝试的法国乐曲。

村上　也演奏过普朗克的歌剧？

小泽　对对，演奏过两部。还演奏过奥涅格的作品。奥涅格虽是瑞士人，作品却很有法国乐曲的风格。但斋藤纪念管弦乐团最拿手的还是勃拉姆斯。

村上　的确是精湛得没话说。

小泽　这得归功于斋藤（秀雄）老师指导有方。曾旅居国外的团员，也以旅居德语系国家的居多。通常都在柏林、维也纳、法兰克福、科隆、杜塞尔多夫等地待过，最后再聚集到松本来。不过，也有些团员曾旅居美国。

村上 斋藤纪念管弦乐团的乐风，与波士顿交响乐团的确颇为神似。

小泽 对，很像，和波士顿交响乐团十分相近。

村上 不知该说是如柔丝般飘逸，还是如微风般轻盈，听来极为圆融顺畅。不过，我旅居波士顿时常欣赏波士顿交响乐团的音乐会，那是从一九九三年到一九九五年，也就是小泽先生在波士顿的最后一段时期。不知何故，记得当时总有一种乐声过于浓稠的印象，风格与此前听过的波士顿交响乐团的演奏非常不一样。

小泽 或许的确是这样。当时我肩负着让乐团跻身世界十大管弦乐团之列的压力，十分拼命，致力提升管弦乐团的精确度。随后我希望邀请优秀的客座指挥家到波士顿执棒。为此必须提升乐团的质量。后来果然吸引了许多指挥家来波士顿指挥。年轻点的有西蒙·拉特，方才提到的滕斯泰特、马舒尔和古乐大师霍格伍德等。

村上 回到日本后，我又听了您指挥斋藤纪念管弦乐团所作的演奏，感觉比先前听来轻盈流畅多了。虽不知音乐能否用密度来形容，但印象中和波士顿交响乐团的风格的确有几分神似。

什么是贝多芬乐曲的新演奏风格？

村上 还想请教一个关于贝多芬演奏风格的问题。从前一提到贝多芬的作品，大家就会联想到富特文格勒等人的演奏风格，卡拉扬承袭的基本也是这种风格。但到了一定程度，大家对这种被定型的贝多芬演奏风格感到厌倦，因此开始摸索崭新的诠释方式。这大概是二十世纪六十年代的事。我认为古尔德的风格就是这股风潮下的产物，虽严守原本的框架，但仍然可以在其中自由挥洒，有种先将各种要素加以拆解，再重新构建的味道。不过，这场运动虽然催生了许多崭新的尝试，但真正令人耳目一新又够扎实的模式——也就是堪与正统德式演奏风格抗衡的演奏风格——至今仍未定型。

小泽　嗯嗯。

村上　但最近好像有了点改变。其中之一就是音质似乎有朝轻薄的方向发展的趋势。

小泽　嗯，像从前那种用大编制的弦乐声部奏出浓厚声音，用演奏勃拉姆斯的方式诠释贝多芬的人好像越来越少了。或许这和古乐器日益受到重视有关。

村上　的确。弦乐器的数量变少了。相应的，协奏曲中钢琴也不必再尽力用最大音量弹奏。不论是早期钢琴还是现代钢琴，都开始以早期钢琴的方式演奏。声音变小，整体来说变得较为稀薄，演奏者用幅度较小但变化更多的方式自由演奏。贝多芬的演奏风格从此开始有了变化。

小泽　如果只论交响乐，的确是有了改变。大家舍弃了用大编制营造出浓厚的乐声，采用更能听得出内容的风格。

村上　变得听得出内声部了。

小泽　对对。

村上　斋藤纪念管弦乐团演奏的贝多芬乐曲，就是这种感觉。

小泽　因为斋藤老师就是这种风格。因此我指挥柏林爱乐时，常遭到批评，说柏林爱乐乐声变弱了。起初连卡拉扬老师也常让我检讨。这让我备受奚落。初次在柏林指挥马勒《第一交响曲》时，老师来到音乐会，当时我每个部分都做了 cue。知道 cue 是什么吧？总之就是每个细节都下指示，类似“从这里开始演奏”之类。“你在这时候开始”，“你到这时候再开始”一类的。这么做让我简直手忙脚乱。

村上　想必十分忙碌。

小泽　卡拉扬老师看见了，就说，征尔，你不必把我的乐团管得这么细，只要做好整体指挥就行了。可正因为我指示得细，乐团才能演奏得如此轻柔。接到这些指示了，每个团员演奏起来都变得轻柔许多。做好整体指挥的确重要，但管好每个细节同样重要。音乐会后，在翌日的早餐席上，老师对我一番斥责，还叮嘱别再一一下达指示，那并不是指挥家分内的工作。到了当晚音乐会前，我心想老师今天应该不会来吧，但又担心他忽然现身该怎么办，心惊胆战的，记得当晚整场都指挥得战战兢兢。不过，老师到最后都没现身。（笑）

村上　从前，管弦乐团只要尽力洪亮地演奏就好？

小泽　没错。连录音时也一样。卡拉扬老师很喜欢柏林一座教堂，就选择在那儿录音。到巴黎录音时，选择的也是能像教堂那样产生洪亮回音的音乐厅。就是一个很像从前的宴会厅，叫 Salle Wagram 的地方。

村上 一下挑教堂，一下挑宴会厅？（笑）

小泽 在这种能让声音洪亮的地方录音是当年的主流。几秒钟的残响往往能成为卖点，而且倾向于将乐声视为一个整体。在纽约，也都选择在曼哈顿中心正式录音，那里同样是回音洪亮的音乐厅。当时还不太流行现场演奏，大家都喜欢选择这种能让声音洪亮的地方录音。

村上 波士顿的交响音乐厅也能录制这种乐声。

小泽 没错。只是以前在那儿录音时，我们会移开一半听众席，在原本有听众席的地方进行演奏，只为了录到洪亮的回音。但到了我的时代，大家已经重视在台上演奏出符合现场的声音了。

村上 这样才能听清内声部?

小泽 一方面是如此，一方面也是为了去除回音，听到接近管弦乐团实际演奏的声音。残响也是越短越好。

村上 这么说来，方才那古尔德与卡拉扬的演奏，残响的确很丰富。

小泽 卡拉扬老师总是对录音师提出许多细致的要求，比如要求录成这种声音之类的。他擅长在这种乐声框架中创造乐句，所以喜欢在这种回音中创作乐句起伏清楚浮现的音乐。

村上 活像在浴室里高歌似的。

小泽 说难听一点，就是如此。

村上 斋藤纪念管弦乐团是在什么样的地方录音?

小泽 在很普通的剧场（长野县松本文化会馆）。因此音质有点僵硬，没有太多残响，回音并不洪亮。

村上　所以连细致的乐声变化都能听得一清二楚?

小泽　对对。但似乎有些过头,我觉得多一点回音应该会好些。可惜合适的音乐厅在日本并不好找。目前最好的就是墨田区的三声音乐厅。那儿是全东京最好的录音地点。

村上　现代的贝多芬演奏风格是减少弦乐器数量，或者不减少数量，但使声音变得轻薄些?

小泽　或者该说将声音分离，让人将它的内容听得清楚些，似乎成了现在的潮流。这绝对是受古乐器演奏的影响。

村上　贝多芬时代的管弦乐团，弦乐器比现在的少?

小泽　当然少些。因此有些指挥家在指挥《第三交响曲》(“英雄”)时，会刻意减少弦乐器的数量，将第一小提琴声部减少到六位之类的。我没做到那个地步。

伊梅席尔的钢琴，古乐器演奏的贝多芬乐曲

村上　我最近正在听用古乐器演奏的贝多芬《第三钢琴协奏曲》。

伊梅席尔(早期钢琴)与泰菲宴乐巴洛克乐团合作的演奏。一九九六年录音。

小泽　这录音的残响真强。你听，这段前头的音还没结束，下

一个音就出现了。通常不可能发生这种事。

村上 残响的确很强。

管弦乐序奏部分的三连音。

小泽 这里，换作卡拉扬老师的话会加入一点方向性，演奏成“咚、咚－咚－－－”。但这个乐团只是“咚、咚、咚”，差异可真大。不过这演奏风格也很有趣。

村上 能听出每件乐器的声音。

小泽 对。你听，这双簧管的声音清清楚楚。就是这么演奏的。

村上 有点接近室内乐。

小泽 没错。这种演奏方式的确有些道理。

村上 斋藤纪念管弦乐团是不是也有这种倾向？

小泽 嗯。每件乐器仿佛都开始对话了。

村上 在许多细节上，声音都与从前的管弦乐演奏截然不同。

小泽 只不过这乐团没奏出辅音。

村上 没奏出辅音？

小泽 每个音都奏得不够明显。

村上 我听不太懂……

小泽 噢，这该怎么说呢，“啊啊啊”是只有元音的音。若是加上辅音，就会变成诸如“哒咔咔”或“哈沙沙”这样的音。也就是说，必须思考元音需要加上什么样的辅音。把“哒”或“哈”加在前头很容易，但接下来的音就难挑了。如果只有“哒哒哒”这样的辅音，旋律就会瓦解，但要是改成“哒啦啦……”或“哒哇哇……”，音乐就有了变化。所以乐感敏锐，就是指能掌控好辅音和元音。这个乐团的演奏里听不到辅音，虽然感觉也不差。

村上　原来如此。不过，这录音若少了残响，听起来或许就有点累人了。

小泽　有道理。或许就是出于这个原因，才选择在这样的音乐厅里录音。

村上　古乐器演奏听来虽然新鲜有趣，但除了演奏真正的巴洛克音乐之外，似乎并不常见，贝多芬或舒伯特等人的乐曲尤其罕见。相比之下，间接受古乐器演奏的影响、用现代乐器演奏的管弦乐倒是不少。

小泽　嗯，或许真是如此。就这点而言，现在真是个有趣的时代。

再谈古尔德

村上　欣赏古尔德的演奏时，最让我感兴趣的是即使演奏贝多芬的乐曲，也积极引入对位法的要素。不仅注重与乐团乐声的协调，还积极地让音乐相互融合，营造出一种紧张感。这样诠释贝多芬，听起来十分新鲜。

小泽　的确如此。但奇怪的是在他过世后，并没有人承袭并发展他这种风格。真的，一个都没有。看来他果然是个天才，即使不乏受他影响的人，但像他这么高明的后来却一个也没出现。我认为原因是没有人像他这样勇敢。

村上　即使不乏雄心勃勃的演奏家，却没几位能处理得像他这样自然、实在。

小泽　内田光子或许有点这种倾向。从这个方面来说，她算是勇敢的演奏家。阿格里奇也有点这种味道。

村上　女性在这方面较为出色？

小泽　嗯，女性比较果断些。

村上　您有没有听说过阿凡纳斯维这位钢琴家？

小泽　没听说过。

村上　是当代的俄罗斯人。他也是位很有雄心的钢琴家，同样演奏过《第三钢琴协奏曲》。他的演奏听起来很有趣，理性，有特色，又有热情，但听到一半便感觉有点累。尤其第二乐章实在慢得可以，不禁让人感觉“够了够了”，或许是雄心太大了。但古尔德就没这种问题，即使慢得让人惊讶，还是能好好将整首曲子听完，不至于感到不耐烦。想必是演奏中带有一种强韧的节奏感。

小泽　那放慢演奏的方式的确高明。今天听了许久没听的古尔德，更让我钦佩不已。那应该说是胆量吧，是一种与生俱来的才华，绝不是刻意装得来的。

村上　不过还真特别呀。录像里能看到他高高举起手，用指头轻轻打着虚拟的颤音，虽然实际上是没这颤音的。

小泽　总之，他的确是个非同寻常的人。第一次见到他时，我刚入行没多久，语言也不通。如今回想起来，真是很遗憾。当年我如果有足够的语言能力，和他应该有许多话可聊。有足够的语言能力，和布鲁诺·瓦尔特就能聊得开，和格伦也可以畅所欲言。想想就觉得可惜。兰尼为人亲切体贴，配合我有限的英语水平，用容易理解的表达方式和我聊了不少。

塞尔金与小泽征尔版的贝多芬《第三钢琴协奏曲》

村上　聊到这里，想听听塞尔金与小泽先生合作的《第三钢琴协奏曲》（一九八二年录音）。不知您介不介意？

小泽　当然不介意。怎么会呢？

村上　有些人不喜欢听自己的演奏录制成的唱片。

小泽　我没这种顾虑。好久没听了，都忘了当时的演奏是什么模样。如今听来，会不会显得过于厚重？

村上　不，一点也不厚重。

小泽　哦。

放下唱针，开始播放管弦乐团的序奏。

小泽　开头演奏得挺安静呢。

序奏颇为平稳，接着抑扬顿挫的声音才逐渐浮现。

小泽　这就是方向性。刚才那个“咚咚咚咚”，就是这首曲子最初的极强音。我们特地（经过刻意构建）把这四个音演奏出来。

管弦乐团高声演奏声音十分强烈的段落。

小泽　这段应该把方向性诠释得更清楚。不是像这样，而是“咚、咚、咚－”（强调顿挫），应该演奏得更大胆些才对。当然，乐谱上并没有标明“大胆些”，但我们必须读出这个意图。

管弦乐团将音乐构建得更明确的段落。

小泽　您听，方向性就是这么建立的。可惜还是不够大胆。

钢琴加入演奏。

村上　听得出塞尔金的琴声十分丰富，而且积极地赋予演奏更多的表达。

小泽　对。他知道这将是他最后一次演奏这首曲子，有生之年应该没有机会再录制这首曲子了。既然如此，就依自己的意思放手一弹吧。

村上　与跟伯恩斯坦合作时那紧绷的演奏相比，气氛截然不同。

小泽　他的音质和品位真的很好。

村上　倒是在这场演奏中，小泽先生好像显得一丝不苟。

小泽　是吗？哈哈哈。

村上　而塞尔金完全是按照自己的兴致弹奏。

弦乐在钢琴衬托下进行跳弓段落的演奏。

村上　这一段会不会演奏得太慢了点？

小泽　嗯。塞尔金和我都过于谨慎。应该像两人对话一样，演奏得更活泼些才是。

华彩乐段开始。

村上　我个人非常喜欢塞尔金这个华彩乐段。听来像背着东西上山，虽然并不流畅，但让人喜欢的就是那有点笨拙的感觉。边听边为他担心“没问题吧”、“上得去吗”，却让人完全融入了声音里。

小泽　与时下铆足劲的演奏相比，这种风格听来也别有风味。

瞬间，指头似乎打了结。

村上　刚才那部分有点失误。不过也颇有味道。

小泽　哈哈哈哈，嗯，还真叫人捏把冷汗。

华彩乐段结束，弦乐进场。

村上 这进场的方式，听来有那么点紧张。

小泽 嗯，没错。不过定音鼓打得不错吧？这位叫维克·弗斯的鼓手是个高人。斋藤纪念管弦乐团成立伊始就请他来打定音鼓，直到三年前为止，打了将近二十年。

第一乐章结束。

小泽 结尾很不错。

村上 是啊是啊，搭配得很好。

小泽 华彩乐段的确很棒。

村上 虽然每次听都感觉有点累，但毕竟听得出塞尔金的个性。

小泽 这场演奏是他过世前多少年的事来着？

村上 录音时间是一九八二年，塞尔金过世是一九九一年，算来是他过世前九年的事。录音时他应该七十九岁。

小泽 如此算来，他是八十八岁过世的。

村上 在这场录音里，节拍是由哪一方决定的？

小泽 塞尔金毕竟是我的老师，当然从练习时起就完全由他决定，就连起头的全体合奏，也是完全配合他的弹奏方式演奏的。我只是个完全配合伴奏的指挥家。

村上 排练了很久吗？

小泽 排练两天后，正式演奏一次，接着就录音了。

村上 塞尔金事前就做好一切决定了？

小泽 最重要的是乐曲的个性。这是由他决定的。但如今听来，我当初似乎应该更勇敢些、大胆些。毕竟这首曲子个性如此鲜明，应该积极挑战才是。该怎么说呢，虽然我也算不上是礼让……

村上　在我这听众听来，似乎有那么一丁点礼让的味道。

小泽　嗯。当时我的确觉得不该太抢风头。但如今听来，老师都如此自由挥洒了，我似乎也该配合他，更大胆地放手尝试。

村上　老师仿佛一头钻进古典落语[①]的世界，自由奔放地弹奏了一番。

小泽　就连指头打结也不在意，继续悠然自得地弹下去。刚才我说“叫人捏把冷汗”的那部分，的确叫人捏把冷汗，但这个小失误也为演奏增添了几分味道。

村上　第一次听这张唱片时，我认为塞尔金弹琴的动作，或者说是指法，似乎比从前慢了点。这让我很在意。奇怪的是，听了几回，竟然越来越不在意这一点了。

小泽　因为弹奏得很有味道。比起弹得干脆利落，像这样放慢些或许会更有趣。

村上　鲁宾斯坦八十多岁时，在巴伦博伊姆指挥、伦敦爱乐协奏下录制的贝多芬钢琴协奏曲全集也是如此。比从前似乎慢了那么一丁点，但乐声非常丰富，让我越来越不在意速度的问题。

小泽　倒是，我曾是鲁宾斯坦的爱徒呢。

村上　这我倒不知道。

小泽　大概有三年吧，我曾随他进行世界巡演，为他指挥乐团。

---

①日本传统曲艺形式之一，相当于中国的单口相声，大多诙谐幽默，有讽刺意义。

那时我还在多伦多交响乐团，已经是很久以前的往事了。他在斯卡拉歌剧院举办独奏音乐会时，也是由我执棒指挥斯卡拉歌剧院交响乐团。当时都演奏了些什么来着？柴科夫斯基的协奏曲，还有莫扎特，以及贝多芬的第三还是第四协奏曲。若是由他主导，后半场大多是柴科夫斯基的乐曲。偶尔也演奏拉赫马尼诺夫的作品。不不，好像是肖邦的协奏曲，不是拉赫马尼诺夫……总之，他在全球各地演奏，总是不忘邀我同行。大都是在他位于巴黎的家中讨论后，就出发了。不过经常在斯卡拉歌剧院停留一星期，行程安排其实很悠闲。我们也去过旧金山。他喜欢造访自己中意的地方，与当地的管弦乐团一同练习，排练个两三回就进行正式演奏。那段日子里，他招待我尝遍了各国美食。

村上　每趟行程都是与不同的管弦乐团合作，会不会有难度？

小泽　不会不会，我们已经很习惯了。受雇担任指挥是很有趣的差事。我们就这么四海遨游了三年。记忆最深刻的是意大利一种叫卡帕诺的酒，记得品牌是 Punt E Mes，也是由他引介，我才有机会品尝到。

村上　听来他是个很爱玩乐的人？

小泽　的确。他还有个到哪儿都带着的女秘书，个子高挑，身材苗条。这秘书可真让他太太悲叹不已。说来他这人还真是……但他的确很有女人缘，还酷爱美食。比如到了米兰，他会找一家很高级的餐厅，要求他们按自己的指示准备特别的菜。我们从来不看菜单，一切交由他打点，就能吃到风味独特的菜。我这才知道，原来世上还有如此奢华的享受。

村上　这一点和塞尔金真是截然不同。

小泽　根本是完全相反。塞尔金一丝不苟，活像个严肃的乡下老头，还是个虔诚的犹太教徒。

村上　记得他儿子彼得和您是挚友？

小泽　彼得年轻时曾激烈地反抗父亲，闹过不少矛盾。他父亲只得拜托我帮忙照顾彼得。因此从他大概十八岁起，我们俩就很要好了。看来我真是深获塞尔金老师信任，他好像认为把孩子托付给我就没事了。我和彼得共度过不少时光，至今也依然是好友。那时我们年年前往多伦多或拉维尼亚等地一同演奏，常改用钢琴弹奏贝多芬的小提琴协奏曲之类的。

村上　这被录制成新爱乐乐团的唱片了。

小泽　哦？被录制成唱片了？此前我没演奏过那么古怪的曲子，此后也从未演奏过。

村上　和鲁宾斯坦合作的录音里没有？

小泽　没有。当时我还很年轻，还没有和唱片公司签约，几乎没录过音。

村上　真希望斋藤纪念管弦乐团能以崭新的诠释方式录制贝多芬的钢琴协奏曲。但仔细想想，一时还真想不出适合这种演奏的钢琴家。而且有不少人推出全集了。

小泽　克里斯蒂安·齐默尔曼怎样？

村上　他曾和伯恩斯坦携手演奏过贝多芬的所有协奏曲，记得是与维也纳爱乐合作的。不，算不上所有乐曲。其间伯恩斯坦辞世，有一部分只得由他兼任指挥。总之是所有协奏曲都演奏过了，还推出了 DVD。

小泽　这么一说，我才想起在维也纳听过他和伯恩斯坦一同演奏勃拉姆斯的钢琴协奏曲。

村上　这我还是初次听说。不过那些贝多芬的协奏曲，几乎都是以伯恩斯坦的风格为基础。齐默尔曼的钢琴也弹得非常工整端正，听得出他不是爱出风头的人。到头来，让人感觉音乐整体是操控在管弦乐团手上的。据说他与伯恩斯坦合作是由于志趣相投？

小泽　我在波士顿交响乐团那会儿，与齐默尔曼结为至交。他很喜欢波士顿的环境，曾告诉过我他考虑在波士顿置业，举家迁到当地。我也表示支持。后来他花了两个月四处看房子，到头来没找到合适的，才打消了念头。但他的确说过最想住的不是瑞士，也不是纽约，而是波士顿。但能无拘无束地弹琴，又不会扰邻的房子……的确很难找。真是可惜。

村上　他是个品位不凡、充满知性的钢琴家。他很早以前造访日本时，我去听过他演奏。当时他还很年轻，将贝多芬的奏鸣曲弹奏得生气勃勃。

小泽　如此说来，除了已经录过的，还真想不到哪位钢琴家能与他一同录制贝多芬的所有协奏曲。

内田光子与桑德林版的贝多芬《第三钢琴协奏曲》

村上　现在，来听听内田小姐演奏的《第三钢琴协奏曲》。我非常喜欢其中第二乐章的演奏。时间不多了，我就坏一回规矩，从第二乐章开始听吧。

宁静而优雅的钢琴独奏开始。

小泽 （一听立刻开口说）琴声很干净。她的听觉的确敏锐。

管弦乐蹑手蹑脚般悄悄进场。

村上 这是由阿姆斯特丹皇家音乐厅管弦乐团担任伴奏的。

小泽 录音的音乐厅也很不错。

钢琴在此加入合奏。

小泽 （深感佩服地说）想不到日本也能培养出如此优秀的钢琴家。

村上 她的琴声非常清晰。不论强音还是弱音，都能听得一清二楚，可谓层次分明，不带一丝暧昧。

小泽 的确十分果断。

节奏缓慢的钢琴独奏。

小泽 你听，这里的节奏非常缓慢。这和古尔德刻意放慢的弹奏方式有异曲同工之妙。

村上 这么一说，确实是这样。该说是刻意放慢，还是自如地配置音乐？的确有那么点古尔德的味道。

小泽 嗯，是很像。

极为精致的钢琴独奏即将结束，管弦乐迅速进场，演奏得甚是绝妙。两人不禁同声赞叹。

小泽 嗯……

村上 嗯……

小泽 她的听觉实在很敏锐。

钢琴与管弦乐继续合奏。

小泽 三个小节前的音没对上。光子小姐想必大为光火。（笑）

钢琴独奏宛如在空中挥洒水墨成画一般，优美得叫人赞叹。端正而充满勇气的琴声不断奏出，仿佛每个音符都在思考。

村上 这一段百听不厌。即使弹奏得再慢，张力也分毫不减。

钢琴弹奏结束，管弦乐进入。

村上　这里的进入方式，难度似乎不低。

小泽　这里应该接得更好些。

村上　是吗?

小泽　应该能更完美。

第二乐章结束。

小泽　（由衷地佩服）真是不简单。光子小姐实在太了不起了。这是哪一年的录音?

村上　一九九四年。

小泽　十六年前?

村上　但现在听来也丝毫不陈旧。气韵高雅，乐声鲜明。

小泽　这第二乐章本身就是首独特的曲子。在贝多芬的其他作品中，似乎找不到类似的例子。

村上　要演奏得如此精彩，钢琴家和乐团成员似乎都要费一番力气。尤其是管弦乐的进入方式，听来难度真高。

小泽　进入方式的确难度不低。最困难的是呼吸的方式。不论是弦乐器演奏者、木管乐器演奏者，还是指挥家，每个人的呼吸都得完全一致才能成功。这是很难做到的。像刚才那进入不够完美的段落就不够成功。

村上　就算排练时事先沟通过该在什么时候进入，正式演奏时还是可能出现与计划不同的情况?

小泽　当然可能。如此一来，管弦乐的进入方式肯定很不一样。

村上 在无声的间隔中迅速进场时，每位演奏者都得依赖指挥的指示？

小泽 没错。毕竟是我负责最后的整理，每个人都得看我的指令。刚才不是有一段钢琴独奏，之后先是停顿了一下，管弦乐才迅速进入的段落？停顿多长，何时进入，指挥家应该有明确的表情动作。因此像刚才那种英语叫“sneak in”（悄悄进场）的演奏方式，有时就可能失败。要让整个乐团的呼吸完全一致难于登天。毕竟基于乐器的性质，有些演奏者坐得较远，听到的钢琴声不尽相同，因此呼吸可能就有了落差。为了避免这种失误，挥棒时最好能用表情更丰富的方式提示进场。

村上 用脸部表情与肢体动作表示间隔时间？

小泽 对对，用脸部表情和手的挥动来指示应该长呼吸还是短呼吸。光是这一点，就能产生许多差异。

村上 指挥家该下怎样的指示，是当时迅速决定的？

小泽 可以这么说。这并不是精心计算的结果，而是指挥的场次越多，就越清楚该如何呼吸。但做不到这一点的指挥家超乎想象的多。这样的指挥家不论累积多少经验都不够高明。

村上 有时也会与团员有眼神的交流吗？

小泽 当然会。最受演奏者喜爱的就是能做到这一点的指挥家。对演奏者来说，这样沟通要清楚多了。在指挥这第二乐章时，指挥家需要代表全体团员决定该如何进场。是要缓慢地进入，还是果断干脆地进入，或者是以更暧昧、更深思熟虑的步调渐渐进入，都得干脆地决定，并将意念传达给大家。决定最后那段该以何种方式进场的确很危险，但若能事先提醒团员接下来将有危险，停顿一下再整齐划一地进入……也不失为一个好方法。

村上　越听越觉得指挥管弦乐团不是件容易的差事，一个人写小说要轻松多了。（笑）

中场休息一：论唱片迷

小泽 或许有点难以启齿，我原本对所谓的唱片迷——也就是那些手头有钱、拥有高级音响、收集了许多黑胶唱片的人——没有什么好感。从前我身无分文的时候，曾拜访过这类人，只见他们家中满是富特文格勒等人的唱片。但这种人通常在为事业忙碌，待在家里的时间极少，不过是偶尔听听音乐。

村上 的确，有钱人几乎都忙。

小泽 是的。不过和您聊到现在，最叫我佩服的，是您听音乐的确听得很深入。在我看来，您欣赏音乐的方式和所谓的唱片迷完全不一样，虽然您也收集了许多唱片。

村上 该怎么说呢。我平常很闲，也几乎都待在家里，所以不仅收集唱片，还能幸运地从早到晚听音乐。

小泽 您关心的不是封套设计如何如何，而是愿意潜心钻研内容，这让我感到很有趣。起初我们是从格伦开始聊起，话聊开了，我自己也来了兴致。前一阵子我因公去东京某家大型唱片行，在店里待了好一阵子。看着店内的一切，对这类东西的嫌恶又重返心头。

村上 重返心头……是指对黑胶唱片或CD这些商品的嫌恶？

小泽 嗯。这种感觉原本早就忘却了，因为和自己的生活不再有关系了。但那天待在唱片行里，这股嫌恶的感觉忽然又从沉睡中苏醒。倒是春树先生您不是音乐家，就立场而言，想必和唱片迷比较接近。是吧？

村上 似乎是这样。毕竟我只懂得收集唱片和听音乐。虽然也常去听音乐会，但并不会演奏音乐，只能算玩票性质的门外汉。

小泽 和春树先生聊音乐让我感到有趣，当然是因为您的看法和我的有许多不同之处。对我而言，最有趣的其实正是个中差异。从某种意义来说，这也是一种学习。我第一次有机会发现，原来这些事也能这么看。

村上 能被您这样夸奖，真是非常荣幸。毕竟我将听音乐视为人生中至高无上的喜悦。

小泽 在那家唱片行，我忽然有个念头——希望我们这些对话不是给唱片迷看的，而是能聊出些唱片迷不感兴趣，唯有真正热爱音乐的人才喜欢的内容。希望在往后的对话里，我们都能坚守这个原则。

村上 好的。那我就尽量将对话整理成唱片迷读来索然无味的文章。（笑）

经过这番有趣的对话后，我又仔细想了想。从前，收集唱片就能赋予我无上的愉悦，这方面的确和小泽先生所说的“唱片迷”有几分相似。虽不认为自己算个“迷”，但生性爱钻研，多少还是对“物”心怀几分执着。例如我十几岁时，很热爱茱莉亚弦乐四重奏演奏的莫扎特《海顿弦乐四重奏》中的《D小调第十五弦乐四重奏》(K421)，有段时间反复听这首曲子。因此每次想到这曲子，脑海里便自动浮现茱莉亚弦乐四重奏那利落的演奏，还有那张唱片的封套设计。在我心中，的确有这种先入为主并视它为标准的倾向。从前唱片价格昂贵，我对每张唱片都极为珍视，反复聆听，的确常下意识地（有点类似恋物癖）将音乐与“物”视为一体。或许这有点不自然，但我不会演奏音乐，只想与音乐合而为一，实在是没有别的办法。有能力赚点钱后，我便开始搜罗购买形形色色的唱片，热心地欣赏音乐会，比较不同的演奏家如何诠释同一首曲子，也就是将音乐相对化，从中获得无上的愉悦。我心目中的音乐形象，就是以这种形式一点一滴架构而成的。

相对地，在小泽先生这般以研读乐谱为中心投入音乐的人眼中，音乐想必是一种更纯粹、更内省的东西。至少不会轻易将音乐与有形的“物”联系起来，或许还认为两者有极大的差异。不难想象以这种方式与音乐结合，想必更自由，也有更大空间。或许有点接近不依赖翻译，直接从原文阅读文学作品的乐趣与自由。勋伯格曾说过：“音乐并不是声音，而是概念。”但普通人并不懂得用这种方式欣赏音乐。深谙这种门道的人当然令人钦羡。因此，小泽先生劝我“要不试着学读乐谱”，因为“如此一来，您将发现音乐其实多么有趣”。我学过一点钢琴，也能看懂简单的乐谱，但碰上像勃拉姆斯的交响曲那样复杂的作品，也只能举双手投降。“只要找个好老师学几个月，春树先生您应该很快能学会。”大师这般勉励，但我依然觉得绝非易事。虽想找个时间挑战，但想不出自己何时才有勇气。

不过有时候，在正式访谈前的闲聊中，我借着进行这种堪称坦率的对话，得以更正确、更全面地见识到了小泽先生和我在音乐态度上的根本差异。我想这个发现的意义非常重大。不消说，专家与业余人士、创作者与欣赏者之间，其实隔着一道高墙。尤其当对方是位超一流的专家时，这道墙不仅高，还十分厚实。但我觉得这未必就是敞开心胸对话的障碍，毕竟音乐是如此宽广。最重要的是找出一条越过这道墙的路。不论面对何种形式的艺术，只要双方有自然的共鸣，就一定能找出这条联系彼此的道路。

第二次

卡耐基音乐厅的勃拉姆斯

第二次对谈是二〇一一年一月十三日，在我位于东京市内的工作室进行的。小泽先生一星期后将接受腰椎内视镜手术，为避免久坐给腰椎造成负担，对话时他不时从椅子上起身，在室内缓缓踱步，有时也需要补给营养。众所周知，他率领斋藤纪念管弦乐团于前一年十二月在纽约卡耐基音乐厅举行了一连串公演，大获成功，但他的身体也为此付出了沉重的代价。

卡耐基音乐厅内感动人心的音乐会

村上 听了您在纽约卡耐基音乐厅指挥的勃拉姆斯《第一交响曲》的实况录音 CD（唱片编号：迪卡 / 环球 UCCD-9802），真是一场完美的演出。不仅充满生命力，每个细节也非常扎实。其实，小泽先生您于一九八六年率领波士顿交响乐团来日本演出时，我就在东京那场音乐会上听过这首勃拉姆斯《第一交响曲》。

小泽 是吗？

村上 已经是二十五年前的事了。那真是一场精彩的演奏，乐声优美得无可挑剔，音乐鲜明地跃然眼前，仿佛至今还留在耳际。不过平心而论，我认为这回的演奏更优秀。总感觉其中有种特别的什么，充满一股难得一见、仿佛千载难逢的紧迫感。想到您生了一场大病，体力应该大不如前，说老实话，我原本还担心会不会给您的音乐表现造成什么影响。

小泽 不，其实正好相反。原本累积在我心中的力量，这次全倾泻而出。演奏前，我日子过得太闲，却又无法碰触音乐。满心想在夏天（松本音乐节）的音乐会上演出，却碍于体力无法如愿……只能任凭这股遗憾在心中累积。

另一个原因是我虽然停滞不前，整个乐团却有了长足进步。在卡耐基的音乐会前，我们在波士顿曾有整整四天的时间排练。为了照顾我的体力，乐团将排练的时间表切割得很零碎。专业的乐团其实不该以这种方式进行排练，例如练习二十五分钟便休息十五分钟，练习二十分钟便休息十分钟。为了配合我，大家特地将练习时间进行零碎的切分。我们无法使用交响乐厅，还是在波士顿音乐学院一间狭小的教室里排练。

村上 记得在松本音乐节上，斋藤纪念管弦乐团也演奏了勃拉姆斯《第一交响曲》？

小泽 没错。勃拉姆斯的四首交响曲全都演奏过。但演奏《第一交响曲》是在更早的时候，已经是十几年前的事了吧。

村上 看来，这回的团员想必已不是当年那个班底了？

小泽 嗯，换了许多人，或许该说整批都换了。当年的弦乐器演奏者有几位还在，管乐器演奏者几乎都换了，大概只有一两位仍是当年的班底。

村上 说到管乐器，这回的圆号演奏者还真是出色。

小泽 嗯。他的确是个高手。这位巴伯罗柯简直是天才，当今恐怕无人能出其右。他生于捷克，刚认识他时，他还在慕尼黑，后来就成了柏林爱乐的首席圆号，也常来参加斋藤纪念管弦乐团的演奏。记得他第一次来是在长野冬季奥运会那年，是一九九八年吧？我们在冬奥会开幕式上演奏了贝多芬《第九交响曲》，第四圆号就是他。第四圆号负责最多的独奏。自那年起，他常来和我们一起演出。

村上　那圆号演奏至今依然萦绕耳际。

小泽　的确很出色。如今他除了来斋藤纪念管弦乐团，也参加水户（室内管弦乐团）的演奏，和我意气相投。现在好像已离开柏林爱乐，回捷克了。

村上　这张卡耐基的实况录音 CD 当然是现场录音，但应该做过去除杂音的处理。第一次听时，听不到什么杂音，我还惊讶地怀疑，“这真的是现场录音吗？”

小泽　对吧？照理是不可能这么安静的。有听众咳嗽之类杂音的部分全被消除了，并从排练时录下的版本中撷取同一段补上。

村上　原来还有这种幕后花絮？也就是说，这些是技术性地逐一填补上的？

小泽　没错。

村上　但第四乐章的序奏有两处例外。不单纯因为杂音，也是出于演奏上的理由做了小小的修补。记得小泽先生要我特地听听原始版本的录音，再与经过部分修饰的版本作比较，找出两者有哪些不同。我还拼命听了一整晚呢。（笑）

从第四乐章的开头开始播放 CD（第一版）。小泽先生利用这段时间吃柿子干，补充必需的营养。

定音鼓二连打的段落（音轨 4，2′ 28″）。

村上　就是这段之后的部分。

小泽　没错，就是这里。

圆号独奏奏起序奏的主题，音色既祥和又深邃。

小泽　这就是由巴伯罗柯吹奏的。

村上　音色既优美又悠长。请问共有几位圆号演奏者？

小泽　共有四位，但吹奏这一段的仅两位。两人并非一齐吹奏，而是每一小节由后一个人短暂叠加到前一个人的吹奏上来，进行交接轮替（2′39″、2′43″），以防演奏因换气产生间断。勃拉姆斯就是这样标记的。

圆号独奏结束，改用长笛吹奏同一主题。

小泽　从这里开始是长笛独奏。这位演奏家叫祖恩，大约十年前曾是波士顿交响乐团的首席长笛。他曾说目前住在瑞士。这段也是由两人轮替吹奏的。先是第一长笛（3′13″），接着轮到第二长笛（3′17″）。接下来又回到第一长笛（3′21″）。勃拉姆斯连这样的细节都不忘提点，以免演奏者换气造成间断。

村上　长笛独奏到此结束，接着轮到管乐器合奏同一主题（3′50″）。

小泽　其中还有三支长号、两支低音管，以及低音大管。

长号在本乐章初次登场，犹如早已蓄势待发。短促的圆号独奏宛如钻出云层，兼具沉稳与欢腾的乐声从管乐器庄严肃穆的合奏中浮现（4′13″）。

村上 到此为止，就是两个版本略有差异的段落。

小泽 现在听的是第一版。

村上 没错。这是第一版。这个版本的圆号吹奏得慷慨激昂，给人一种鲜明突出的印象。

小泽 对对。相比之下，修订版 CD 中的圆号，音色……

村上 没那么突出。

小泽 您果然听清楚了。

村上 因为拼了命仔细听过。（笑）修订版的吹奏仿佛躲到了后面，音色较钝，也不太流畅。

小泽 对。这圆号的演奏过于突出，因此便用另一次录音替换成了新的版本。其实这个段落里，还有另一处被替换的地方。

村上 这我就听不出来了。

细腻美丽得令人屏息的静默，然后，弦乐器轻轻奏起那让人难忘的著名主题（4′52″）。这是最耐人寻味的部分。以这圆号独奏为中心的序奏，在引入主题上起了很大作用。

村上 接下来，再来听听修订版的演奏。就从定音鼓二连打那部分开始听。

第一段圆号独奏开始。

小泽 这是第一圆号，接下来轮到第二圆号，然后再回到第一，再轮到第二。您听，完全听不出吹奏者换气，对吧?

村上 的确听不出。

小泽 接下来是长笛的部分。第一长笛，一小节后轮到第二长笛。接着再回到第一，再轮到第二。其实刚才那里吹奏者迅速换了一口气，可以听见换气声。想必吹奏长笛需要比吹奏圆号更长的气。因此，这部分就被换掉了。

村上 原来如此……看来门外汉应该很难察觉，完全没听出来。

管乐器合奏后，又来到圆号独奏特别突出的段落。

小泽 您听，这回圆号的音色就比较柔和了。

村上 是很柔和。听来和先前的截然不同。先前的版本音色宏伟，这回的比较含蓄，感觉较有深度。

勃拉姆斯巧妙地驾驭圆号，仿佛将听众诱入了德国的森林深处。这乐声承担着勃拉姆斯心灵深处的精神世界最重要的部分。定音鼓在后面轻声但执着地鼓动，仿佛暗自期待某种意义重大的东西降临。这是最值得精心剪辑的段落。

小泽 其他乐器随着这段独奏逐一进场。

村上 也能清楚地听到弦乐器。

小泽 对。

序奏结束，奏起优美的主题，曲调之迷人让人不禁想为它填词。

村上 替换圆号的部分之后，音乐整体似乎变得比原始版本更均衡、更工整。但需要聚精会神、竖耳倾听才听得出来。原始版本的演奏也是水平不俗，如果事前不告知，想必没人会察觉个中差异。若用文章来比喻，就等同于形容词在语感上的细微差别，相信绝大多数读者会毫不留意地一瞥而过。话虽如此，这剪辑技术还真是惊人，乐声听起来毫无突兀之处。

小泽 这位叫多米尼克·法伊夫的英国录音师技术很厉害。总而言之，整场演奏中有百分之九十九是直接使用现场录音。将某些部分替换掉，大多纯粹是为了剔除从听众席传来的杂音。

与斋藤纪念管弦乐团一起演奏勃拉姆斯

村上 这张CD听着听着，感觉卡耐基音乐厅的音效似乎有点改变？

小泽 是啊。似乎是在我没造访的那阵子变的，变得好多了。

村上 据说曾改建过。

小泽 哦。想必是这样。我在三十年前率领波士顿交响乐团前去演出时，老是能听到地铁传来哐当哐当的声响，原来音乐厅下面有地铁通过。光是演奏一首交响曲，就得忍受个四五回，地铁就这么在脚下来来去去的。（笑）

村上　从这回的录音听来，音质的确有所改善。

小泽　嗯。比从前好太多了。现场演奏的音质也是超乎想象的出色。最后一次在卡耐基演奏是什么时候来着……记得是五年前率领维也纳爱乐那回，当时也感觉音效似乎变好了。而八年前率领波士顿交响乐团前去演出时，没觉出有什么改变。

村上　我方才也提到，曾听过小泽先生在一九八六年率领波士顿交响乐团演奏勃拉姆斯，也用DVD观赏过您与斋藤纪念管弦乐团合作的勃拉姆斯《第一交响曲》，现在又听了这场卡耐基音乐厅的演奏。比较起来，每回的乐风似乎都有不小的变化。请问为何会有这样的不同？

小泽　（思索许久）嗯。第一个原因或许和斋藤纪念管弦乐团的弦乐音质有所改变有关。该说是变成了会说话的弦乐吗……总之，他们的弦乐演奏变得更积极、表现更丰富了，甚至有人质疑“是不是积极过了头”。

村上　是指表情变得更丰富？

小泽　对，而且为了配合它，管乐的表情也变得更丰富了。方才卡拉扬老师的演奏[①]当然也不错，十分工整，整体表现也很均衡。相比之下，斋藤纪念管弦乐团似乎没把均衡与否放在心上。就连这

---

①为了进行比较，先前两人刚听过卡拉扬指挥、柏林爱乐演奏的勃拉姆斯《第一交响曲》的同一段落。原注。

回的演奏，这方面的意识或许也和普通的专业乐团有很大的不同。

村上　意识有很大的不同？

小泽　举例来说，这个段落有十几个人参与。其中每一位，甚至是排在后头的，都有强烈的自我意识，认为自己最优秀最突出，因此个个力求表现。

村上　听来真了不起。但即使有这种表情上的变化，弦乐的音色和方向性也应该和从前没什么不同吧？

小泽　这点是没变，和以前完全相同。

村上　容我确认一下斋藤纪念管弦乐团的性质。这并不是个常设的管弦乐团，而是平时从事不同工作的演奏家，每年就聚首这么一次进行演奏。是吧？

小泽　没错。

村上　大家是请假来参与演奏的？

小泽　不至于全都是，但弦乐声部中，有不少人并不在固定的管弦乐团里演奏。当然，其中的确不乏在知名乐团中担任首席的成员，但就比例而言，大多数不属于某个管弦乐团。这类成员平时可能演奏室内乐，或是教授音乐之类的。

村上　这类成员很多吗？

小泽　近年似乎有越来越多的人想演奏音乐，但又不想一年到头在乐团里拉琴。

村上　意思就是，他们希望能更自由地演奏音乐，不想加入特定组织受束缚？

小泽　没错。克劳迪奥·阿巴多指挥的马勒室内管弦乐团，也同样云集着来自各地的高手，大多数团员平时都从事自己的活动，并不属于某个管弦乐团。

村上 他们的确是优秀的乐团。

小泽 非常优秀。

村上 在那些所谓著名管弦乐团之外，这种新形式高质量的管弦乐团近年在世界各地也越来越多了。这类乐团的音色自然而然地带有一种自发性的色彩，与成员都是自发性地集结而成是否有关？

小泽 或许不无关联。他们毕竟不是属于同一个管弦乐团、每周都聚在一起演奏的固定班底。此外，就算这样每周与同行聚在一起演奏，若是身边换了一批新面孔，心境也会大不相同。所以有人半开玩笑地说，这岂不是一年聚首一次的“七夕管弦乐团”吗？（笑）

村上 看来团员们并不是领月薪的，因此若是不怎么认同小泽先生的风格，下回也不用再参加演奏。他们并没有义务，不必心不甘情不愿地参与，如果不满，便可以立刻辞职。

小泽 是的。但反之，也有人为了与我合作，不辞千里赶来参与，甚至不乏在柏林、维也纳或美国的管弦乐团演奏的国外音乐家。这样的音乐家想请个假并不容易，而且无法招收学生，在松本这段时间想兼个职也没办法。

村上 况且他们领到的酬劳也算不上丰厚吧？

小泽 我们总是尽量多付些。但说实话，还是有限。

村上 即使如此，在没有以严谨的管理体系运营的常设管弦乐团的地方，这种流动性质、自由聚散的管弦乐团还是与日俱增。音乐家们也开始学会享受这种自发性的“对话”了。

小泽 没错。阿巴多指挥的琉森音乐节管弦乐团和不来梅德意志室内爱乐乐团也是如此。

村上 就是帕弗·雅尔维担任音乐总监的不来梅的管弦乐团？我前阵子刚听过他们的演奏。

小泽 这些乐团的运营模式，都是一年里只齐聚三四个月，其他时间成员均可自由活动——这段时间是不支付薪金的，大家都得各自想办法讨生活。

村上 对指挥家来说，指挥这种乐团和指挥常设的管弦乐团，比方说您在波士顿交响乐团担任常任指挥时，心境上是否也略有出入？

小泽 有很大的差异。要紧张得多，但也更有干劲。真的和七夕一样，大伙儿每年只相聚这么一回，如果自己稍有闪失，只怕大家要觉得"噢，今年征尔怎么有气无力的？功力好像大不如前了"，"该不是这阵子不够用功吧"，所以实在累人。何况这些音乐家大多数不知该说是没口德，还是心直口快。（笑）但如今这种共事多年的伙伴接连退休，日渐稀少了。

村上 曲目又是如何决定的？

小泽 起初演奏的全是勃拉姆斯。后来加入了巴托克的《管弦乐协奏曲》和武满先生[①]的《十一月的脚步》等作品，但重心仍是勃拉姆斯的四首交响曲。计划是先专攻勃拉姆斯，再稍稍演奏些其他曲子。每年演奏勃拉姆斯四首交响曲中的一首，接着松本音乐节就开始了。在松本也演奏勃拉姆斯，接下来再参加波恩国际贝多芬音乐节。

---

①日本古典音乐作曲家武满彻。

村上　先专攻勃拉姆斯？

小泽　是的。

村上　为何这样看重勃拉姆斯？

小泽　因为我们，噢，或许该说是我认为，演奏勃拉姆斯最能凸显斋藤老师的风格。但指挥家秋山和庆就不赞同，他认为轻柔些的莫扎特或舒曼等人的作品更贴切。或许正因如此，他起初才在斋藤纪念管弦乐团指挥舒曼的曲子。但无论如何，我还是认为勃拉姆斯最合适。记得也征询过大家的意见才做了这个决定……我认为比起贝多芬，勃拉姆斯更能诠释出斋藤老师提倡的"会说话的弦乐器"的概念。勃拉姆斯的作品最适合富有表情的弦乐演奏。总之，最早决定演奏勃拉姆斯所有的曲子，是在一次欧洲巡演的时候。我们到欧洲巡演了四次。记得第一次演奏的……噢，好像是《第一交响曲》。

村上　斋藤老师的主要曲目，似乎就是勃拉姆斯、贝多芬、莫扎特这条路线。

小泽　对，还有海顿。

村上　以德国音乐为中心？

小泽　没错。当然还有柴科夫斯基的交响曲与《C 大调弦乐小夜曲》。我们学得最久的就是《C 大调弦乐小夜曲》，因为桐朋[①]的乐团里几乎没有管乐器。（笑）演奏莫扎特时，竟然只有一支双簧管和一支长笛，只好用风琴来凑数。我还打过定音鼓呢。当时乐团由斋藤老师指挥，用不上定音鼓时就由我指挥。就是这样一个时代。

---

①指桐朋学园。

村上 您说这个管弦乐团适合演奏勃拉姆斯，指的是音色和音质方面？

小泽 不，与其说是音质……该怎么说呢，应该说是演奏方式，也就是弦乐器的弓法，上弓下弓，乐句的诠释方式和情感的展现方式，似乎都比较适合演奏勃拉姆斯的乐曲。斋藤老师的教育理念就是音乐重在表现。这也是我的信念。的确，斋藤老师教授勃拉姆斯的交响曲时总是特别热心。但现实中毕竟受限于乐器的编制，大多只能演奏柴科夫斯基的《C 大调弦乐小夜曲》、莫扎特的《嬉游曲》、亨德尔的《大协奏曲》、巴赫的《布兰登堡协奏曲》或勋伯格的《升华之夜》，等等。

村上 管乐器如此匮乏，还能热情地教授勃拉姆斯的交响曲？

小泽 没错。必须想些法子弥补这方面的不足。

村上 技术方面的问题我不大清楚，但在管弦乐器的配置上，勃拉姆斯不是比贝多芬更复杂？

小泽 不，在乐器编制方面，两者几乎没什么差别。仅有的差异大概就是低音大管在贝多芬的时代还不普及，其他方面大同小异。配器法上的差异非常小。

村上 意思是在音乐的组织方式上，勃拉姆斯和贝多芬几乎一样？

小泽 没错。虽然音域变得更宽广，但乐器编制基本差不多。

村上 但光用耳朵听，感觉贝多芬和勃拉姆斯还是很不一样。

小泽 是很不一样。（沉默半晌）……对了，贝多芬的作品到《第九交响曲》就很不一样了。在此之前，配器法还是有许多限制。

村上　我的感觉是虽然在乐器编制上没什么不同，但与贝多芬相比，勃拉姆斯仿佛是在两个音之间又加了一个音，感觉更浓密。所以贝多芬乐曲的结构似乎更容易看清楚。

小泽　当然。的确容易看清楚。贝多芬的乐曲能比较清楚地观察到管乐器与弦乐器之间的对话。勃拉姆斯则是通过融合两者来创造音色。

村上　您这么一说，就容易理解了。

小泽　在勃拉姆斯《第一交响曲》里，也能清楚地听出这个特征。所以大家才说，勃拉姆斯《第一交响曲》差不多等于贝多芬《第十交响曲》，两者之间有这种关联。

村上　意思是在管弦乐器的配置上，贝多芬在最后的《第九交响曲》开始发展的部分，为勃拉姆斯所继承？

小泽　正是这样。

村上　继勃拉姆斯之后，斋藤纪念管弦乐团好像也开始演奏以贝多芬的交响曲为中心的曲目？

小泽　没错。在贝多芬之后，又演奏了马勒。第二、第九、第五，接着好像是《第一交响曲》。前一阵子还初次演奏了法国乐曲——《幻想交响曲》。至于歌剧，不久前才演奏过普朗克和奥涅格的作品。旧金山有一位负责编排曲目的威廉·邦内尔先生，我常和他一起研究该演奏哪些曲子，在波士顿交响乐团那会儿就是如此。斋藤纪念管弦乐团创立后，我们俩的合作关系依然持续着。直到去年他以八十四岁高龄辞世，我们的合作关系维持了近五十年。

村上　十分期待您哪天能率乐团演奏西贝柳斯。我非常喜欢西贝柳斯的交响曲，除了小提琴协奏曲，我还没听过小泽先生诠释西贝柳斯的其他乐曲。

小泽 是指西贝柳斯的第五还是第三交响曲？

村上 我最喜欢第五。

小泽 那结尾的确不错。从一九六〇年到一九六一年，我在卡拉扬老师的课上指挥过西贝柳斯《第五交响曲》的末乐章，还有马勒的《大地之歌》。他以这两首曲子为课题，训练我们如何演奏浪漫又宏伟的乐曲。

村上 卡拉扬似乎对西贝柳斯《第五交响曲》情有独钟。记得他录过四回这首曲子。

小泽 没错，他的确很喜欢这首曲子。不仅喜欢演奏，也喜欢用它教授学生。他常说，创造长乐句是指挥家的职责，督促我们读出乐谱的弦外之音。并非一小节一小节地仔细研读，而是以更长的单位研读乐谱。因此，我们习惯以四小节乐句和八小节乐句来读谱，但他却是以十六小节甚至三十二小节为单位来研读，也要求我们以同样的模式研读乐句。他说乐谱上虽然没这么写，但这样研读是指挥家的职责。他认为作曲家在创作时，总是以这种长度来构思的，所以我们也应该研读到这种程度。

村上 在卡拉扬的演奏中，的确可以听出这种用长乐句组织音乐营造出的故事性。尤其是从前的录音中蕴含的故事性或说服力，有许多直到今日听来依然经得起时代考验，有不少叫人佩服的地方，但偶尔让人感觉有些过时。

小泽 嗯，的确不乏这种例子。

村上　我觉得卡拉扬的音乐在这方面分得很清楚。该说是果断吗？会明显地倒向某一边。

小泽　或许如此。就这点而言，富特文格勒似乎也属于这种类型。

村上　但做到这种程度，几乎可以算是国宝级了。

小泽　没错。（笑）对了，知不知道维也纳爱乐的卡尔·伯姆？我曾在萨尔茨堡观赏过他指挥理查德·施特劳斯的《厄勒克特拉》。该怎么说呢……我觉得他看起来像是仅用指尖在指挥，神奇的是乐团演奏出的却是活像以这种姿势（敞开双臂挥舞）指挥的音乐。想必他和乐团之间有种特别的渊源。我看到那场演奏时，他年事已高，不仅指挥动作小，似乎也没做出特别显眼的指示，但演奏出的音乐却宏伟得惊人。

村上　表示伯姆并没有将乐团牢牢抓紧，而是让大家自由发挥？

小泽　噢，这方面我实在不大清楚。或许如此，但谁知道呢？只是希望多了解一些……在这方面，卡拉扬老师就很明显，大多是让乐团自行发挥，想怎么演奏就怎么演奏，自己只将重点紧紧抓牢。但伯姆却不同，频频在细节上做出指示，可又不时出现宏伟的乐句……究竟是如何做到的，我也不清楚。

村上　难道维也纳爱乐有特别之处？

小泽　嗯，说不定真有。或许团员都对他心怀敬意。即使不用语言沟通，彼此也有该演奏出这种音乐的默契。这种演奏看在眼里、听在耳里，都是至高无上的满足。

数日后追加的简短访谈：圆号换气的秘密

村上　之前曾谈到勃拉姆斯《第一交响曲》第四乐章中，圆号独奏是由不同演奏家一小节一小节地轮替吹奏。今天想向您请教更多细节。后来我看了音乐会录像，但怎么也看不出轮替吹奏的迹象。这是一九八六年小泽先生您率波士顿交响乐团来日演出，在大阪音乐会上的录像……

两人一同观看圆号独奏的段落。

小泽　噢，你说得没错，这录像里的确没有轮替。嗯——噢，对对，我想起来了。这位圆号演奏者名叫查克·卡瓦洛斯基，记得他的职业是在大学里教授物理学还是什么，是个非常奇怪的人。可以再让我看看那一段吗？

再次观看同一段落。

小泽　一、二、三……您瞧，这里并没有吹出声响。

村上　也就是说，圆号演奏者换气的地方是无声的？

小泽　没错，声音在那里断了。对演奏勃拉姆斯来说，这是很不理想的，其实在这里不该有空白。但这人的个性十分顽固，总是坚持以自己的方式草草带过。录音时也曾因这部分的处理闹过问题。咱们再听听接下来的长笛独奏。

圆号独奏结束，同一乐章的长笛独奏开始。

小泽　一、二、三……您听，这里不就吹出声音了？这位演奏者换气时，由第二长笛为他补上了音，因此声音并没有中断。勃拉姆斯就是这么标记的。圆号也该这样吹奏才是。

从画面可以清楚地看出，演奏者的嘴唇从乐器移开了，声音依然持续着。只听唱片就察觉不出这一点。

村上　换气时，由第二长笛代为吹奏。所谓一小节一小节的轮替，指的就是这个？

小泽　就是这个。您眼光果然锐利。是不是我提起您才察觉的？

村上　当然。如果不是您提到了，我永远不可能发现这种细节。（更换一张 DVD）接下来是斋藤纪念管弦乐团一九九〇年在伦敦公演时的录像。

小泽　一、二、三……您瞧，演奏者换了气，但声音仍然没有间断。而且第二小节与第四小节的开头是两人同时吹奏的。这完全是依照乐谱上的标记。这就是勃拉姆斯最有趣的地方。

村上　但波士顿交响乐团的圆号演奏者没理会这个标记？

小泽　对，因为坚持依自己的方式吹奏，就固执地忽视了这个标记，毫不理睬勃拉姆斯在细节上的苦心。

村上　为何要这么做？

小泽　想必是不希望音色有改变。当时也酿成了不小的问题。这里有一份您买来的乐谱，我们就来看看这一段。

小泽先生用铅笔标注，耐心地向我解释如何读谱。原本我不怎么理解的地方，这下都获得了详细解答。

小泽　如果不细心读，这部分很容易忽略。您看，依照标记，第二圆号从这里进入，一直吹奏到这里，首席圆号在此时换气。首席圆号须保持三拍，第二圆号须保持四拍。仔细瞧，这里不是有个点？

村上　噢，原来如此。所以这里才会并排标上两个相同的音符。我还一直纳闷这是怎么回事呢。

小泽　这种标记法是勃拉姆斯的创举。但正因如此，两位演奏者非得吹出相同的音色不可。

村上　这一点不难想象。

小泽　勃拉姆斯这段乐谱就是以此为前提写下的。在他之前的作曲家没有做到这一点。也许是因为更早期的演奏用的是自然圆号，每支音色都有差异，音色无法统一，用这种方式演奏可能会变得很奇怪，或者是前人都没想到这招。说白了，其实是个简单的窍门。

村上　有道理。如此看来，波士顿交响乐团那位圆号演奏者不过是特例，不是对乐曲的另一种诠释？

小泽　绝对是个特例。明明不该这么演奏，但此人生性固执，听不进他人规劝，才把这段演奏成这样。经您一提，我才想起这件事。但他是个非常聪明的人，其实和我私交很好。

中场休息二：文学与音乐的关系

村上　我从十几岁起就是个乐迷。最近不时感觉……自己对音乐似乎有了更深入的了解，比如能听出些细节上的差异等。或许是写着写着小说，音乐品位也有所提升。反过来说，或许缺乏音乐品位，文章就难以出彩。所以我认为，欣赏音乐能让写作功力有所增进，而写作功力的增进又有助于音乐品位的提升。两者的关系是互补的。

小泽　哦？

村上　我从没向人学过如何写作，也没特别钻研过。因此，如果问我是从哪儿学会写作的，答案就是音乐。音乐最重要的要素就是节奏。文章如果少了节奏，没有人想读。诱使读者逐字逐行往前推进，似乎需要一种律动感……比方说，机械操作手册那种东西读起来很痛苦，那就是缺乏节奏的文章的典型。

要判断一个新手能在业界生存下去，还是不久将销声匿迹，从他文章里是否有节奏感大抵就能推敲出来。但就我所见，许多文艺评论家似乎不太留意这一点，只注重文章是否精致、词汇是否新鲜、故事的方向性、主题的质量、手法的趣味性，等等。但我认为一个人如果缺乏节奏感，大概就没有成为作家的资质。当然，这纯属个人意见。

小泽　所谓文章的节奏感，是指我们阅读文章时感受到的节奏？

村上　是的。文章就像音乐，也可以通过字词的组合、语句的组合、段落的组合、软硬与轻重的组合、均衡与不均衡的组合、标点符号的组合及语调的组合营造出节奏感。音乐品位不够好，这些就做不好。有些人很擅长这技巧，有些人则不然；有些人明白这道理，有些人则不懂。但这种资质当然能通过努力钻研来提升。

我热爱爵士乐，因此写作时习惯先制定一套规范，再以这套规范为基础即兴发挥、自由挥洒。在写作上，我用的是和创作音乐一样的要领。

小泽　我还不知道文章也有节奏，不太了解您形容的这种感觉。

村上　该怎么说呢……好比节奏感之于读者，对作者而言，它也是个重要的要素。写出来的小说如果少了节奏感，就难以构思接下来的内容，也无从推进故事。倘若文章有节奏，故事有节奏，接下来自然会文思泉涌。写作时，我会在脑海里自动将文章转化为声音，用这声音架构出节奏。以爵士乐的方式即兴演奏一个主题乐段，便能自然地产生下一个主题乐段。

小泽　我住在成城。上次在那儿拿到一份候选人的竞选宣言，见上头印有他的理念还是宣言，反正当时正好闲着，就读起来。读完后，我觉得他应该很难当选，因为他的文章让人只读三行就再也读不下去。虽然知道里头说的可能很重要，可就是读不下去。

村上 嗯，听来是个缺乏节奏、缺乏流畅性的典型。

小泽 哦？原来是这么回事。那用这个观点评价夏目漱石呢？

村上 我认为夏目漱石的文章富有音乐性，读起来非常流畅。如今读来，依然是难能可贵的杰作。虽说比起西洋音乐，他受江户时代“说唱故事”的影响更多，但我依然觉得他有绝佳的音乐品位。虽不清楚他听西洋音乐有多深入，但从他曾经留学伦敦看来，想必有某种程度的接触。有机会可以查查看。

小泽 记得他当过英文老师？

村上 说不定他的音乐品位就是这么来的。或许正因如此，日本文化与欧洲文化才能在他身上融合得如此协调。至于其他例子，吉田秀和的文章也极具音乐性。流畅易读，而且富有个性。

小泽 噢，或许真是这样。

村上 说到英文老师，记得小泽先生在桐朋求学时，英文老师是丸谷才一先生？

小泽 没错。他还逼我们读乔伊斯的《都柏林人》之类的。那种书谁看得懂？（笑）当时我只得坐在一个成绩很好的女孩旁边，拜托她指点指点。只怪当时没好好学英文，落得初到美国时几乎连一句英语也不会说。（笑）

村上 所以不是丸谷先生教得不好，而是小泽先生您没好好学？

小泽 没错。是我没好好学。

第三次

六十年代的那些事

这次对谈的前半段，是在二〇一一年一月十三日结束关于卡耐基音乐厅音乐会的对谈之后开始的。当天由于时间仓促，中途便中断了，后于二月十日在我位于东京的工作室继续进行。大师虽声称许多事已记不清楚，但回忆依然鲜明生动，非常有趣。

担任伯恩斯坦副指挥时的种种

村上 今天，希望能听大师谈谈二十世纪六十年代的事。

小泽 不知还记不记得，总觉得好像忘得差不多了。(笑)

村上 上回与小泽先生您对谈时，聊到一些您在纽约担任伦纳德·伯恩斯坦的副指挥时的事。当时有个问题一直想请教，后来忘了，就是副指挥究竟是什么样的工作?

小泽 几乎每个管弦乐团都有个副指挥。不过伯恩斯坦比较特别，大概是背后有有钱人出资，能雇用三位副指挥。每年雇用三人，限期一年，年年更换。克劳迪奥（·阿巴多)、迪华特、马泽尔，还有许多有名的指挥家，年轻时都曾在纽约爱乐担任过副指挥。我在柏林时参加了应征副指挥的面试。当时纽约爱乐正好到德国演出，面试的除了兰尼大概还有十名委员。音乐会结束后，大家搭出租车前往一家叫“Lififi”的古怪酒吧，边喝酒边进行面试，并用那里的钢琴当场进行了类似听力测试的考试。当晚，兰尼刚刚自己弹奏钢琴并指挥完贝多芬《第一钢琴协奏曲》，忙完工作后心情十分轻松。那时我几乎不会半句英语，听不太懂他对我说了些什么，只知道自己似乎过了关，（笑）成了他的副指挥。另外两名人选早已决定，我成了最后那第三人。另外两人是约翰·卡纳里那和莫里斯·佩瑞斯。

村上　因此，您就从柏林搬到了纽约？

小泽　那是那年秋天的事。半年后的一九六一年春天，纽约爱乐获邀前往日本演出。记得那是场大规模的音乐活动，叫“East Meets West”还是“West Meets East”。当时，我以副指挥的身份同行，大概觉得我是个日本人，正好派得上用场。副指挥共有三名，每人都被分配了曲子，用意是如果遇上兰尼急病发作不能出场，仍可以每人负责一曲填补空缺。因此，我也负责指挥三分之一的曲目。

村上　碰上紧急状况，您就得替他出场指挥？

小泽　对对。此外，当时指挥家不参加排练是常有的事。至于原因，或许与当年飞机航班不像现在这么准确有关。总之最初的排练期间，兰尼常不在场。这种时候，我们三人就讨论一番，决定由谁替兰尼排练哪一曲。

村上　排练时的代理？

小泽　没错。当时我备受兰尼宠爱，得到了不少机会。前往日本演奏前，纽约爱乐委托黛敏郎先生创作了《飨宴》。黛先生当然以为这首曲子将由兰尼指挥。但在卡耐基排练这首曲子时，我原本担任这一曲的副指挥，兰尼却对我说“排练就由你来指挥”。因此，我就在黛先生和兰尼面前指挥了这首曲子的排练。我以为大概只有这次排练机会，下次就会由兰尼接手，没想到第二天还是被告知："征尔，今天也由你指挥。"后来，连在纽约的初次公演都是由我指挥。

村上 太了不起了。

小泽 纽约的音乐会结束后，接着就到了日本。我以为在日本肯定要由兰尼接手，在飞机上却再次被告知："到了日本也由你指挥。"理由是节目单已经印上了我的名字。

村上 看来他一开始就是这么打算的。

小泽 所以在日本，这首曲子也由我指挥了。

村上 这就是纽约爱乐给小泽先生的第一个在观众面前指挥的机会？

小泽 好像是。不，此前也让我指挥过。有一次在美国巡演时，记不清是在底特律还是哪一场，只记得是场户外音乐会，当天的安可曲也是交由我指挥。兰尼喜欢在返场时演奏斯特拉文斯基《火鸟组曲》的最后一段，长度大概五六分钟。观众呼喊安可时，他牵着我的手走上舞台，向大家宣布："请大家听听我这位年轻指挥家的演奏。"虽然观众没发出嘘声，想必也一定是大失所望吧。

村上 看来小泽先生是三名副指挥里最受礼遇的呢。

小泽 老实说，实在不该有这种特别待遇。当时忽然听他一说，完全没做好心理准备，但还是赶鸭子上架地硬着头皮上去，最后博得了热烈的掌声，演奏圆满结束。后来，又在同样情况下指挥过两三回。

村上 很少听到专门负责安可曲的指挥家。

小泽 的确是个特例。当时感觉实在对不起另外两位同事呀。

村上　请问副指挥的收入大概有多少？

小泽　非常少。我入行时还是单身，一周领一百美元，靠这种酬劳根本无法维持生计。婚后增加到了一百五十美元，手头依然拮据。我在纽约总共住了两年半，只能租便宜的公寓栖身。记得第一套公寓月租是一百二十五美元，而且是半地下的。早上起床打开窗户，就能从窗口看到行人的一双双脚。婚后加了薪，终于搬到了楼上。纽约的夏天热得吓人，公寓当然也没有冷气，晚上热得睡不着，只得到附近挑一家最便宜的二十四小时不打烊的电影院，在里头睡到天亮。当时住在百老汇街附近，电影院倒是不少。但每放完一部电影，就得离开座位去大厅，只得每两小时起身一次，在大厅里闲晃打发时间。

村上　没时间打工？

小泽　打工……我是挤不出这种时间。光是研读每个礼拜发的乐谱就忙不过来。

村上　随时可能站上指挥台，需要钻研的想必不少。

小泽　根本是怎么读也读不完。虽然还有另外两位副指挥，其他曲子由他们负责，但他们万一碰上突发状况呢？因此我连他们负责的部分也得研读，时间怎么都不够用。

村上　哦哦。

小泽　当时我除了工作，也没什么事可做，所以一有时间就去卡耐基音乐厅，有人笑我就像住在卡耐基音乐厅里。其他两位同事大概兼了些差，例如指挥百老汇音乐剧或歌舞剧等。有时忙到抽不了身，他们就拜托我：“征尔，可以替我指挥一下吗？”着实让我百般为难。因此，我大概是三人里头最用功的一个。如果不连其他人的部分也准备妥当，碰上这种突发状况岂不是全完了？

村上 到头来，小泽先生您得准备所有人的功课？

小泽 当然。否则碰上哪个副指挥在百老汇兼职分不开身，或兰尼忽然发病，音乐会不就要开天窗了？因此，我就这么把所有的乐谱都背了下来。也不知是好是坏，反正我几乎都在后台晃来晃去。

村上 钻研曲子，说得具体点就是研读乐谱？

小泽 对。没机会实际排练时，也只能背乐谱。

村上 伯恩斯坦指挥排练时，您也在一旁观看？

小泽 当然，而且是目不转睛、聚精会神地看，暗自记下他的每一个手法。为此，剧场里备有一个房间。像林肯中心就设有这种听得到音乐，但从观众席看不到的房间。卡耐基没这么专业，但还是设有类似的房间，位于指挥斜前上方，勉强挤得下四个人。有一次，我还和伊丽莎白·泰勒、理查德·伯顿一起坐在那里面呢。

村上 哦？

小泽 他们俩是兰尼请来的客人。那时他们已经赫赫有名，无法与普通观众同席，否则岂不要引起一阵骚动？当时兰尼吩咐我："征尔，带他们一起进那个房间吧。"我们三个就在那小小的房间里挤成一团听音乐会。（笑）记得他们俩曾对我说了些什么，但当时我英语还不太好，只感觉十分尴尬。

村上 像这样贴近一个乐团生活，想必能学到不少吧？

小泽 的确不少。唯一的遗憾还是我当时英语不大灵光。例如兰尼当时主持一档叫《青年音乐会》的电视节目，每次开会我也都出席，却听不懂大家说些什么。如今想起来，实在遗憾。

村上 真是可惜。如果没有语言障碍，想必能学到更多东西。

小泽 没错。一旦站上指挥台，兰尼就给我充分的机会。我至今仍对另外两位同事感到很抱歉。

村上 您是否知道另外两人现在都从事什么工作？

小泽 莫里斯·佩瑞斯在百老汇十分活跃，参与了规模很大的演出，也在英国公演。他有时在伦敦，有时在纽约。约翰……在佛罗里达一家小规模的管弦乐团担任指挥。有些人做了很久副指挥，到头来都没能升任正式指挥。我干了两年半，其实本该像我刚才说的那样，干满一年就交棒辞任，但大家都没其他工作，就这么留了下来。我也是这样……甚至在兰尼外出学术休假期间为他看过家呢。

努力研读乐谱

村上 您就是从那时开始喜欢研读，噢不，该说是热心研读乐谱的？

小泽 可以这么说，毕竟也没其他事可做。住处没有钢琴，我只能窝在后台，用那儿的钢琴弹出声音钻研乐谱。说到这个，前一阵子在维也纳也是如此。住的地方没钢琴，只得到设在附近一家歌剧院的办公室弹到深夜。那儿有架很不错的平台式钢琴。弹着弹着，忽然忆起在纽约时也有过这种日子，心中顿时感慨万千。卡耐基音乐厅指挥家的办公室里设有钢琴，我常在深夜上那儿去，练到心满意足为止。当年社会形势不像现在这样紧张，几乎没什么安保措施，我才能自由进出。

村上　想请教读谱大概是什么感觉。我翻译书籍时，天天读英文书，把它们译成日文，有时会碰上怎么也读不懂的段落，再怎么绞尽脑汁也猜不透原意。这时，只能双臂一抱，瞪着这几行文字好几个小时。有时瞪着瞪着就恍然大悟，但有时怎么也读不明白。碰上这种时候，我大都先跳过这段继续往下翻，翻着翻着不时回头想想，不出三天，大概就能悟出些什么。噢，原来如此，原来是这么回事，答案仿佛自然地出现在眼前。因此我想，这样瞪着问题看似乎毫无意义，但对我而言就是有效。所以现在忽然纳闷，读谱会不会也类似这种情形？

小泽　是的。难度越高的乐谱，这种情况就越频繁。噢，这其实算是业界内幕——任何乐谱都只有五条线，上面的音符也没什么特别，和片假名、平假名这类字符其实没多大差别。但音符越多，情况就变得越复杂，就好比即使能读懂片假名、平假名及简单的汉字，一旦这些元素组合成复杂的文章，就变得越来越难理解。为了读懂上头写了些什么，得具备相当的知识。音乐也是同样的道理，只是在音乐里，这“知识”难度要高得多。比起文章来，乐谱上的记号越是单纯，读不通时就越难参透。

村上　毕竟大多数乐谱的文字说明都极其简单，仅用单纯的记号标出。

小泽　对，难就难在没有文字说明。第一个难倒我的就是……想起来了，您听过《沃采克》这部歌剧吗？

村上　阿尔班·贝尔格写的那部？

小泽　对。第一次指挥这部歌剧时，我先读过谱，感觉大概都读透了，接着就开始排练。那是在新日本爱乐交响乐团时的事。当时我在公演前抽不出时间，只能请他们破例让我在正式演出的三四个月前排练，打算只有两三天也行，趁还在日本时先把它练好。接下来我就回了美国，记得是到波士顿。几个月后又回到日本，这才开始正式排练，结果还挺不错。那三四个月的空当果真救了我一命。因为乐团开始排练时，原先没察觉的疑点竟然接二连三地冒出来。

村上　意思是读谱时以为全读透了，但事实并不是这样？

小泽　对。那时才发现原本以为读懂的，其实一点也不懂。

村上　实际听到音乐时才发现？

小泽　读过谱，用自己的钢琴弹了弹，还以为都读懂了。但听到乐团演奏，我着实吓了一大跳。一指挥，乐器接二连三地开始演奏，我竟然感到越来越迷糊。

村上　噢。

小泽　我吓得不知所措，赶紧从头再读一遍乐谱，这才把许多疑点看懂。对我而言，读谱有助于理解音乐的语言，知道这音乐究竟想表达些什么，也能掌握它的节奏。最难懂的当属和声了。虽然脑袋里已经弄清了和声，但乐团一开始演奏，立刻就变迷糊了。音乐本身就是时间的艺术。

村上　一点也没错。

小泽　一旦开始照阿尔班·贝尔格的乐谱演奏，我的耳朵竟跟不上那节奏。不，说是耳朵，不如说是理解力跟不上。乐谱上明明写得清清楚楚，乐团也完全按照谱子上面的标记演奏，有几处自己却完全无法理解。虽然不多，但的确有那么几处。我还是第一次碰上这种情况，只得拿起乐谱来研读。总之，这种事的确发生过。当时我有几个月的时间重新读谱，真是不幸中的大幸。

村上 这种演奏上的和声，有时是否得实际听到乐团演奏才能准确掌握?

小泽 是的。像刚才听过的勃拉姆斯，或理查德·施特劳斯一类的，只要看了乐谱，凭经验大概就能掌握应有的和声。但也不乏像查尔斯·艾夫斯的乐曲这类不实际演奏出来就无法掌握和声的例子。因为他的创作意图就是打破和声的框架。此外，有时即便用上十根手指来弹奏钢琴，也弹不出（乐团的）声音。这种情况下如果没有实际听到乐声，就无法掌握。不过一旦习惯这种音乐，便能弄懂靠十指弹奏时有哪些和弦可以省略之类的诀窍。反之，也能听出哪些音是绝对不能省略的。

村上 您都在什么时候读谱?

小泽 是指一天里的哪段时间吗?

村上 是的。

小泽 都是在早上，一大清早。读谱需要非常专注，即使只沾了一滴酒也读不来。

村上 不是刻意与您比较，但我也习惯一大清早起床工作，因为这段时间精神最集中。创作长篇小说时，我一定是凌晨四点起床，不等四下大亮，立刻开始埋头冲刺。

小泽 大概写多久？

村上 大约五小时。

小泽 我可撑不了五小时。就算凌晨四点起床，到八点左右就想吃早餐了。（笑）在波士顿那段时间，排练大都十点半开始，非得赶在九点左右吃早餐不可。

村上 读谱是有趣的差事吗？

小泽 是否有趣……算是有趣吧。顺利的时候很有趣，但不顺利的时候可就烦恼了。

村上 所谓不顺利，具体说来大概是什么情况？

小泽 最烦恼的就是感觉怎么也读不进脑子里。很像精神疲惫不堪，理解力和注意力降低的时候。或许这算是爆料吧——许多时候也会碰上晚上要演奏的音乐与当天早上研读的乐谱对不上的情况。例如在波士顿那段时期，四周内有四组曲目，第一组一结束，紧接着就得着手准备下一组曲目。如今回想起来，这大概是最累人的了。

村上 被日程表追着跑。

小泽 没错。其实最理想的情况是在结束一连串演出后，先空出两周左右的时间准备，接着再进行演出……但时间永远不充裕。

村上 担任波士顿交响乐团的音乐总监，应该也得负责很多类似打杂的行政工作吧？

小泽 当然。每个星期至少得开两次会，这类错综复杂的会议一开就很长。当然也有有趣的会议，最有趣的大概就是准备曲目的会议，其次是选出客座指挥和客座独奏者的会议。最让人不舒服的就是关于团员待遇的会议了。谁该加薪或减薪，谁该升迁或降职，这种事也得开会决定。此外，波士顿交响乐团没有退休制度。因此我有时得劝年老力衰的团员考虑退休，他们往往是比我年长的前辈，这是最让人感到煎熬的差事。我曾亲口劝过两三个人退休，其中也有和我交情很好的团员。真是煎熬。

从泰勒曼到巴托克

村上 话题再回到六十年代。小泽先生在美国的第一场录音，是由双簧管演奏家冈伯格伴奏的，对吧？曲目是维瓦尔第与泰勒曼的协奏曲，录音时间是一九六五年五月。这张唱片是我碰巧在美国一家二手唱片行买到的。

小泽 您竟然找得到，这张真是叫人怀念呀。

村上 听了这张唱片，感觉当年大家对巴洛克音乐似乎还缺乏明确的认识。双簧管的乐句处理方式与其说是巴洛克风格，不如说比较接近浪漫派。

小泽 因为当时大家还不太清楚这种音乐该诠释成什么风格。虽然知道有巴洛克音乐这种东西，也知道有演奏这类音乐的演奏家，但并没有人听过这类曲子。那时我也是第一次指挥这种音乐。

村上 印象中，管弦乐团的伴奏似乎比独奏更能体现巴洛克音乐的风格。请问为这场录音伴奏的哥伦比亚室内管弦乐团是个怎样的乐团？

小泽　这并不是个真正的乐团，而是冈伯格为了这场录音，临时从纽约爱乐的弦乐演奏者中选出几位组成的。大家几乎都没有演奏巴洛克音乐的经验。时任副指挥的我，则被指名担任指挥。

村上　如今回想起来，小泽先生您指挥泰勒曼的作品，还真是罕见。

小泽　的确罕见。当时可是下了好大一番功夫钻研。

村上　是冈伯格指名让您担任这场录音的指挥吗？

小泽　是的。不知何故，他似乎很欣赏我。

村上　后来录制的是巴托克的第一与第三钢琴协奏曲，录音时间为同年七月，也就是两个月后。由彼得·塞尔金弹奏钢琴，他的演奏可真是精彩得叫人瞠目结舌。

小泽　乐团是芝加哥交响乐团，还是伦敦交响乐团来着？

村上　是芝加哥交响乐团。他们的演奏如今听来也毫不逊色。演奏维瓦尔第和泰勒曼时似乎还有点放不开，但进行这场演奏时可说是“火力全开”了。

小泽　是吗？我完全不记得了。此前一年，我刚被芝加哥交响乐团提拔为拉维尼亚音乐节的总监，造成不小的话题，甚至还上了一档叫《What’s My Line》的电视节目。类似从前NHK播放的《我的秘密》那类的问答节目。从那时起，唱片公司就开始找上我，每年都有人邀我录音。音乐节的音乐会一结束，第二天我便前往芝加哥，在那里录音乐节上演奏过的曲子。从举办音乐节的拉维尼亚开车到芝加哥，只需要三十分钟左右。

村上 听来和波士顿与坦格伍德[①]的关系差不多。

将巴托克的唱片放到唱盘上。《第一钢琴协奏曲》。开头就是令人为之一惊的钝重音乐，洋溢着充沛的生命力，演奏质量无可挑剔。

小泽 噢，这场录音的小号手是赫塞斯。阿道夫·赫塞斯已经是位传奇人物了。他是芝加哥交响乐团最有名的小号演奏家。

进入钢琴独奏。

村上 琴声也很鲜明生动，弹得毫不犹豫。

小泽 嗯，的确无话可说。彼得那时候还只有十几岁。

村上 弹奏得锐气逼人。

管弦乐团开始合奏。

小泽 噢，这段我记得……这段时期，芝加哥交响乐团的管乐水平全球第一，以赫塞斯为首，个个都是优秀人才。

村上 当时的常任指挥是弗里茨·莱纳?

小泽 不，那时的常任指挥是让·马蒂农。

村上 不过忽然从泰勒曼跳到巴托克，曲目还真是跳得挺远的。

---

① Tanglewood，波士顿交响乐团在七月至八月的乐季结束后，移往此地举办坦格伍德音乐节。

小泽 啊哈哈哈哈哈。(开怀大笑)

村上 接下来，同年十二月又录制了门德尔松与柴科夫斯基的小提琴协奏曲。

小泽 记得小提琴演奏家是位男士?

村上 是埃里克·弗里德曼。

小泽 管弦乐团是伦敦交响乐团?

村上 是的，伦敦交响乐团。这张唱片也是在美国的二手唱片行找到的。但如今听来，这小提琴演奏的风格好像有点过时，似乎感情过于丰富了。

小泽 我记得自己曾参与这场录音，但不记得小提琴演奏是什么风格。

村上 几乎在同一时期，也曾和伦纳德·彭纳里奥搭档，同样与伦敦交响乐团录制了舒曼的钢琴协奏曲，及理查德·施特劳斯的《谐谑曲》。第二年，又联手伦敦交响乐团，与约翰·勃朗宁①搭档录制了柴科夫斯基的《第一钢琴协奏曲》。这些都是与美国钢琴家合作、在伦敦录制的浪漫派协奏曲。我没听过勃朗宁的唱片，但该怎么说呢，如今他似乎不是令人印象深刻的独奏者，好像没那么受欢迎了。

小泽 当年，彭纳里奥和弗里德曼都是唱片公司大力推销的演奏家。约翰·勃朗宁可是个天才型的钢琴家。

村上 但最近似乎不常听到他的名字。

---

①生于 1933 年，是 20 世纪 60 年代极受欢迎的新生代钢琴家，但 70 年代之后活动大幅减少，本人解释是因为过于疲劳。90 年代中期曾复出演奏美国现代音乐曲目。于 2003 年辞世。原注。

小泽　不知他如今怎么了。

村上　从泰勒曼跳到巴托克，接着又跳到两者之间诠释浪漫派，请问这些录音的邀约都来自哪里？除了与冈伯格合作的录音，其他唱片都是由 RCA Victor 唱片公司发行的。

小泽　说到这个，全是从我不知道的地方来的。我在拉维尼亚音乐节成功演出后，备受瞩目。再加上当年芝加哥交响乐团的实力被誉为世界第一，我获他们起用也成了一大话题。大概是着眼于此，唱片公司才有了请我录音的打算。因此他们请我到伦敦，参与形形色色的录音工作。

村上　从您的作品目录看来，不难想见您当时有多忙碌。到了一九六六年夏天，您又与伦敦交响乐团录制了奥涅格的神剧《火刑堆上的贞德》。如今看来，曲目真是变化万千。

小泽　啊哈哈哈哈哈。（再次开怀大笑）

村上　当时只要接到唱片公司的邀约，您都来者不拒？

小泽　对。那时我还没有资格自行决定曲目。

村上　演奏奥涅格也是唱片公司的要求？

小泽　想必是，我不可能自己要求演奏这个嘛。

村上　实在看不出唱片公司请小泽先生您录音，是基于什么样的方针。

小泽　的确看不出来。

村上　从这些曲目看来，连我这个局外人都看得脑袋一片混乱。接下来您又与多伦多交响乐团录制了柏辽兹的《幻想交响曲》，这还是一九六六年的事。请问当时您已经是多伦多交响乐团的常任指挥了吗？

小泽 是的。噢不，当时好像还不是。也录了武满先生的《十一月的脚步》与奥利维耶·梅西安的《图伦加利拉交响曲》。那时我刚担任多伦多交响乐团的音乐总监。我在那儿从头到尾只待了四年。

村上 这两首是一九六七年的录音。两首都是依照小泽先生您的意向录制的吗？

小泽 是的。不不，梅西安不是，是依照作曲家的意向录的。是梅西安来到日本时，我在他面前指挥的。那时我还没受NHK交响乐团抵制。梅西安先生听了对我十分满意，要求他所有的作品都由我来指挥。我想成全他的美意，但对多伦多交响乐团而言，这么做并没有什么赚头，想必票也卖不了几张。因此只能挑选《图伦加利拉交响曲》和《异国的鸟》两首聊补遗憾。

《春之祭》幕后花絮

村上 虽然无法全部欣赏，但为了这场访谈，最近我将小泽先生您在二十世纪六十年代录制的主要唱片全听了一遍。要问我最喜爱哪些，就是刚才的巴托克钢琴协奏曲、与多伦多交响乐团合作的柏辽兹《幻想交响曲》，以及斯特拉文斯基的《春之祭》。我觉得这三张特别精彩，如今听来依然备感新鲜。

小泽 斯特拉文斯基那场是和芝加哥交响乐团合作的？

村上 是的。

小泽 《春之祭》这场录音，其实有个幕后花絮。虽然没能实现，但斯特拉文斯基在这场录音前不久，改写过《春之祭》。修订版更改了小节线，竟然变得和我们研读过的原版截然不同。这实在叫人难以置信，对指挥家和演奏家来说，简直是晴天霹雳。当时我心想，这我哪儿应付得来？

村上 改写小节线会造成什么变化？

小泽 嗯，例如……该怎么解释呢。（认真思索了半晌）就是说，数拍子的方式变了。一二三、一二、一二、一二、一二、一二三……这种拍子，会变成一二、一二、一二、一二、一二……这种感觉。

村上 将特别的拍子改成普通的拍子？

小泽 斯特拉文斯基把这样做称为“单纯化”，就是把曲子改得容易些。他当时的助理——指挥家兼作曲家罗伯特·克拉夫特指挥之后，认为这个版本连学生的管弦乐团也能顺利演奏。

村上 也就是说，不再是高难度的曲子了？

小泽 因此，斯特拉文斯基就委托我录制这个版本。后来真的录了。

村上 那么，这张唱片收录的就是修订版？

小泽 我想想——那修订版我是在音乐会上，当着斯特拉文斯基和罗伯特·克拉夫特的面指挥的，接着又为RCA录了音。和芝加哥交响乐团合作，则是原版与修订版都录过。

村上 我竟浑然不知。还以为自己长年聆听的小泽先生与芝加哥交响乐团联手演奏的《春之祭》，和平时听的版本没有任何不同。

小泽 我不太清楚详情，或许修订版的唱片并没有上市。

村上 就这么被雪藏了？

小泽 实际演奏后，我认为这版本不太好，乐团也有同样的感想……兰尼甚至说我是修订版最大的牺牲者。他认为推出修订版不过是为了延长著作权的期限，对此怒不可遏。此前，我将原版的《春之祭》研读得滚瓜烂熟，也指挥过好几回，演奏起来已经十分娴熟，这下却忽然来了个翻天覆地的大改变。要配合这修订版，指挥的动作就全走样了。但这张唱片里录的是原版吧。

村上 我仔细读了这张唱片（原版LP）的解说，并没有指明是哪个版本。虽然提及作者曾于一九六七年做过修订，但并未言明所录的是这个修订版，似乎有点含糊其辞的味道。倘若录的是最新版，还能拿来当促销卖点，应该说清楚才是。①

开始播放唱片。

小泽 我可以吃饭团吗？

村上 请便请便。我为您泡杯茶。

泡茶。

---

①据协助修订的罗伯特·克拉夫特所说，斯特拉文斯基进行这一修订的最大理由是他指挥此曲时，无法顺利指挥混合拍子。原注。

小泽　这场录音的时间是一九六八年，当时我还任职于多伦多交响乐团。记得罗伯特·肯尼迪就是在那年被枪杀的。

村上　这首《春之祭》是小泽先生您要求演奏的吗？

小泽　是的，这是出于我的要求。此前，我在许多地方演奏过这首曲子。

村上　表明到这个时期，您已经不必再依照唱片公司的要求，能自由选择作品演奏了？

小泽　是呀，渐渐变成这样了。

祥和的序奏结束，进入《大地回春：青年舞曲》咚咚咚咚的激烈旋律。

村上　这声音真是鲜明。

小泽　对。这个时期芝加哥交响乐团羽翼已丰，我也正年轻气盛。

村上　再来听听您与波士顿交响乐团演奏的同一段落。这是约十年后的录音。

更换唱片，序奏开始。

小泽　气氛截然不同呢。

村上　噢，这个版本的音色很柔和。

低音管开始演奏主题。

小泽 这位低音管演奏家已经过世了，因车祸去世的。他叫谢尔曼·沃尔特，也来为斋藤纪念管弦乐团演奏过。

一边喝茶、吃饭团，一边聆听音乐。

村上 我不过是一介乐迷，或许这感想听起来不专业，但听到小泽先生与芝加哥交响乐团或多伦多交响乐团在六十年代的演奏，仿佛看见了音乐不带一丝犹豫和畏惧，在摊开的手掌中无忧无虑地漫舞。

小泽 或许这反而更好。

村上 进入七十年代，开始与波士顿交响乐团合作的时期，感觉则像手掌收起了些，将音乐牢牢拢在掌中。比较两者，能明显感觉出这种差异。

小泽 噢，这样啊。或许后来变得相对稳重了些。

村上 这样概括有点粗略了，或许可以说，您在音乐方面变得比较成熟了……

小泽 当上音乐总监后，就想尽力提升乐团的质量。

村上 一九七九年的这场录音之后，您似乎就没正式录过这首《春之祭》？

小泽 的确没有，虽然有许多人要求我再指挥这一首。

进入《大地回春：青年舞曲》咚咚咚咚的段落。

小泽 听来完全不像现场演奏。真是有趣。

村上 与一般人演奏的《春之祭》在音乐诠释上似乎有些差异。

小泽征尔指挥的三种《幻想交响曲》

村上 接下来，再来听听小泽先生您与多伦多交响乐团演奏的柏辽兹《幻想交响曲》。录音时间是一九六六年。

播放《断头台进行曲》。

村上 与您合作时，多伦多交响乐团大概是什么水平？

小泽 老实说，不太好。因此即使招来不少怨气，我还是替换了许多团员。连乐团首席都换掉了。那位首席当时还来到我家玄关理论呢。但当时我换的人选，至今还留在乐团里。

村上 音质听来似乎有点生硬。

小泽 的确生硬。这个版本是在多伦多的梅西音乐厅录制的。那里的音质是出了名的差，被大家戏称为“乱糟糟音乐厅”[①]。

① “乱糟糟音乐厅”（Messy Hall）与梅西音乐厅（Massey Hall）谐音，故有此戏称。

村上　查理·帕克也在那儿进行过有名的现场录音。但爵士乐迷大都称它为“梅塞音乐厅”。音乐听来倒是十分活泼，很有跃动感。

小泽　嗯，的确有股自由的感觉，仿佛能看见音符在跳跃。这场演奏竟然没我想象的差，虽然录音质量的确不好。

乐章结束，拨起唱针。

村上　我也觉得这场演奏很不错。听着听着，情不自禁地感觉“有此版本，夫复何求”。但一听小泽先生您与波士顿交响乐团合作的版本，我又有了不同的意见。这两场演奏真是完全不一样。

小泽　应该是录音时间相隔太长导致的吧？记得这个版本是十五年后录制的。

村上　不，没隔那么久。我瞧瞧，噢，这个版本是一九七三年，两者仅相隔七年。

开始播放这张唱片。仍然是《断头台进行曲》。节拍截然不同，听来十分庄严。

小泽　就乐团而论，这乐团的水平要高得多。

村上　发声方式完全不同。

小泽　您听这低音大管的乐段，这种地方最彰显波士顿交响乐团的真本事，多伦多交响乐团是无法企及的。定音鼓的音质也截然不同。就这点而言，多伦多交响乐团的每位成员都青涩得多。

村上　但也干劲十足。

小泽　的确干劲十足。

两人聚精会神地聆听了一阵子。

村上　录音时间仅仅相差七年，乐风却有了截然不同的改变。这真叫人吃惊。

小泽　不过那个时期的七年可不是普通的七年，变化当然很大。继多伦多交响乐团之后，我又到旧金山交响乐团担任音乐总监，接着又就任于波士顿交响乐团。

村上　乐团不同，音质不同，乐风当然也会不同。

小泽　这回（二〇一〇年十二月）斋藤纪念管弦乐团演奏的《幻想交响曲》又变得不一样了。我似乎也有些改变。为了腾出足够的间隔，我有好长一段时间刻意避免指挥这首曲子。这次的可能更刁钻。

村上　刁钻？

小泽　啊哈哈哈哈哈。(开怀大笑)

村上　接下来是四年前斋藤纪念管弦乐团在松本演奏的《幻想交响曲》，是现场录像的DVD。

同样是《断头台进行曲》。乐风与方才播放的两首曲子略有出入。虽说同样是音符跃然眼前，但声音的起伏明显不同。用爵士乐的行话形容，就是“律动感”有了变化。

小泽 您瞧，左边那位就是柏林爱乐的首席小号。这位则是维也纳爱乐的第三小号。

他从椅子上起身，随着音乐摆动身体。

小泽 （看着自己指挥的模样叹了口气）这么动可是很伤腰的。因为肩膀受伤不听使唤，只能强迫自己用这种姿势摆动身体，结果这下又伤到了腰。这里不能动了，又招致这种后果，真是太傻了。

村上 小泽先生的指挥动感十足，看得出是十分辛苦的差事。瞧您全身都随音乐一同起伏。

小泽 不过这么比较，才发现这三场演奏的确是场场不同。我还是第一次这么做（指比较自己不同时期的演奏），看了连自己都大吃一惊。

村上 我也觉得这三场《幻想交响曲》之间的变化很显著。首先，多伦多时期的您年仅三十一岁，有种勇往直前的精神，乐曲演奏得十分有力。像我刚才形容的，音乐仿佛在手心上舞动。到了波士顿，开始带领一流的管弦乐团，感觉仿佛成熟谨慎地将音乐拢进手心。到了近期的斋藤纪念管弦乐团时期，您似乎又逐渐摊开原本拢起的手心，让音乐在自由的空气中恣意奔放。可以说是给音乐赋予了自发的空间，似乎是看它既然要出去，就放它大显一番身手。用一句话概括，就是更接近自然了。

小泽　噢，或许真是这样。但从这个角度来看，这回（十二月）在卡耐基演奏的《幻想交响曲》更好，这种倾向可能更明显。

村上　或许斋藤纪念管弦乐团的风格与这种倾向最契合。

小泽　是呀。从这录像看来，的确不太拘泥于每个细节。

村上　波士顿时期倒是将细节都处理得面面俱到，仿佛将螺丝一个个拧紧似的。

小泽　没错。像我刚才说的，当时的目标是尽力提升乐团的质量与价值。

村上　刚才听的波士顿交响乐团演奏的《幻想交响曲》，细节处理得精致生动。每个段落的节奏和色彩都互有变化，虽称不上绚烂，但听来像是观赏会动的袖珍画，十分精彩。多伦多交响乐团与芝加哥交响乐团演奏的，则是人还没决定该怎么动，音乐就自己先跑起来似的。

小泽　因为是现场演奏。当时我们真是活力十足呀。不过……

村上　三种版本可说是各有风情。听了这三场截然不同的《幻想交响曲》，仿佛看到了小泽先生您的三个阶段，或者说您音乐人生的三种面貌。

小泽　风格的确会随着年岁增长改变。一方面是对乐团的态度有了变化，另一方面是技术领域的问题。就像我刚才说的，近年我的肩膀不听使唤，两只手无法再像六十年代和七十年代那样活跃地挥动了。

村上　此外，比如您在波士顿时担任常任音乐总监，在音乐季中常与团员相处。会不会与乐团的关系过于亲近，才忍不住连细节都要掌控？

小泽 会，当然会。

村上 相比之下，斋藤纪念管弦乐团是不定期聚首，是否较难掌控每个细节，有些地方只好放任团员自由发挥？

小泽 也可以这么说。再加上难得和大家碰面，感觉挺新鲜的，不时还有些惊喜。毕竟是七夕嘛。（笑）

村上 维也纳爱乐又是如何？

小泽 维也纳爱乐感觉就像个好朋友。对我而言，和他们一同创作音乐非常轻松。

村上 小泽先生您曾担任维也纳国家歌剧院的总监。那儿的乐团实际上就是维也纳爱乐吧？

小泽 百分之百是他们。可当时我并不是维也纳爱乐的总监，不过是歌剧院的总监，而且维也纳爱乐是不设音乐总监的。团员首先得加入歌剧院的乐团，再调到维也纳爱乐。一开始就加入维也纳爱乐是不可能的。

村上 哦？我还是第一次听说。

小泽 首先，得接受歌剧院乐团的面试，入团后演奏个两三年，再调到维也纳爱乐。但也有刚入团就同时在维也纳爱乐演奏的团员。

村上 也就是说，您在这一时期与在波士顿不同，不必再费心管理和训练乐团了？

小泽 是的。当然我也会参加面试，但只是几个拥有发言权的人中的一个。和波士顿时期不同，那时我不用再处理人事方面的问题了。此外，在歌剧院的歌手面试中，我也拥有不小的发言权。

村上 歌剧院就直接使用附设的乐团？

小泽 是的。

村上 乐团只是被视为歌剧这门综合艺术的一部分？

小泽 没错。至于歌剧院总监有怎样的职责，其实应该是好好坐镇歌剧院内，尽量多指挥些歌剧场次。可惜我身体不好，无法指挥太多场次。不过，这工作的确很有趣，有生之年能干这种差事，实在该看作上帝赋予我的绝好机会。我原本完全不知道歌剧院里头是什么模样，光是能亲眼看到就是一大惊喜了。总之，这是份有趣的工作。我个人热爱歌剧，这个地方让我能无条件地指挥任何歌剧。

村上 两年前造访维也纳时，我观赏了您指挥的柴科夫斯基的歌剧《叶甫盖尼·奥涅金》。舞台上的演出当然无可挑剔，乐团娴熟至极的演奏也让我震惊。自上而下俯瞰，整个乐团仿佛融为一体，鲜活地起伏舞动。虽然东京歌剧之森音乐节上演的《叶甫盖尼·奥涅金》也非常精彩，但根本无法与维也纳的相比。在维也纳，我也观赏了另外几部歌剧，真正体验到了什么叫至高无上的幸福。

村上 再回到六十年代的话题。RCA 这家唱片公司邀您录制了不少唱片，主要作品有《图画展览会》（一九六七）、柴科夫斯基《第五交响曲》（一九六八）、莫扎特《哈夫纳小夜曲》（一九六九）、巴托克《管弦乐协奏曲》（一九六九）、卡尔·奥尔夫《布兰诗歌》（一九六九）、《火鸟组曲》与《彼得鲁什卡》（一九六九）。此外，还有常被一同演奏的《命运交响曲》与《未完成交响曲》

(一九六八)。从这些曲目上，完全看不出任何脉络。

小泽 是呀。啊哈哈哈哈。莫扎特的是和芝加哥交响乐团合作来着？

村上 不，是新爱乐乐团。其他的大多是和芝加哥交响乐团合作。说到新爱乐乐团，上回我们聊到您与彼得·塞尔金联手演出的贝多芬《第六钢琴协奏曲》，当时伴奏的也是新爱乐乐团，是吧？

小泽 对对。可谓是一首古怪的曲子，至今我只指挥过那一次。

村上 将原本的小提琴协奏曲改编为钢琴协奏曲，听来的确过于牵强。

小泽 十分牵强。完全不适合钢琴弹奏。不过当年的彼得就是这种个性，总是想尝试些和父亲不一样的东西，真是让人觉得可怜啊。大概是无法演奏常规的贝多芬，却又很想弹贝多芬，才会选这种父亲不会演奏的作品。但在父亲辞世后，他就开始演奏和父亲同样的作品了，例如贝多芬《合唱幻想曲》等。

村上 此外，您这段时期指挥的作品中，我个人也很喜欢卡尔·奥尔夫的《布兰诗歌》。您指挥得栩栩如生、色彩鲜明，十分精彩。

小泽 那是波士顿（交响乐团），对吧？

村上 是的。

小泽 那是我成为波士顿交响乐团总监前的事。我在柏林爱乐时也演出过《布兰诗歌》。那是卡拉扬老师还在世时，在柏林除夕音乐会上演出的。我还从日本带了晋友会合唱团全体成员前去担任合唱。《布兰诗歌》或许也很适合斋藤纪念管弦乐团演奏，尤其是我们也有不错的合唱团。

村上　个人非常期待。

一个原本寂寂无名的青年，为何能有如此的成就？

村上　听了一连串小泽先生您年轻时期灌录的唱片，我发现一件令人惊讶的事。您二十世纪六十年代在美国出道时，只有二十来岁。但从当年录制的唱片能听出那时您的风格已经十分成熟，能构建出一个属于自己的音乐世界，充满活力地畅游其中，听起来让人满心雀跃。当然从成熟的概念而言，仍有日后成长的空间。先撇开这衡量标准不谈，就当时的阶段来说，您已坚实地构筑出了一个完整的世界，已有相当程度的，或许该说是无可取代的独特魅力。该怎么说呢，您从不曾在错误中摸索。或许对个别曲目还是有擅长与不擅长之分，但在各种尝试中都不曾犯过错误。请问这是怎么办到的？远赴毫无人脉的异国，指挥纽约爱乐和芝加哥交响乐团，向世人展现自己的音乐风格，让国外听众深深为之吸引。一个原本寂寂无名的青年，为何能有如此的成就？

小泽　这都得归功于年轻时代斋藤老师对我的严厉教导。

村上　应该不止如此吧？斋藤老师的弟子也不是每个都像小泽先生您这样杰出。

小泽　对于这个，我就无从解释了。

村上　我个人认为，原因是您具有过人的整合能力和极为稳定的一贯性，从来没有一丝犹豫。这是不是您个人的资质？

小泽　也不知是不是。只能说我年轻时掌握了扎实的技术，就是斋藤老师传授的技术。为了练就这身技术，大多数指挥家在年轻时都饱尝千辛万苦。

村上　是指执棒的技术？

小泽　对对，也就是掌控乐团的技术。实际演奏时，要怎么挥都可以。说得这样随意或许有点过头，但这真的不是难度很高的差事。学会用挥棒的方式掌控乐团，最重要的是练习。斋藤老师教我的就是这个。在这方面，我从一开始就比较稳定。可能随着年龄增长有所改变，但我认为自己的基础不曾有任何改变。

村上　不过，音乐家有许多方面需要进行实际演练，也需要累积足够的经验，作家当然也是。但您似乎从年轻时起就具备这种专业程度了？

小泽　我从一开始就没为此困扰，总之没有感觉有什么不足。我想这多亏自己有个好老师。因此，近距离观察兰尼或卡拉扬老师的指挥，大致都能看懂，也能从分析的角度领悟到“噢，原来他是用这种方式做这种事的”。所以，我从没起过直接模仿他人的念头。反之，技术不够纯熟的人，就算模仿他人的动作也是虚有其表，仅能学到一点皮毛。我从来没有这种问题。

村上　执棒是不是很难？

小泽　嗯……要问难不难，或许的确有点难。但我在二十岁之前就具备这种技术了。说到这一点，或许我的确有点特殊。毕竟我从初三就开始担任指挥，到那时已有了不算浅的资历。在成为专业乐团的指挥前，我积累了七年指挥乐团的实际经验。

村上 您从中学时期就开始学习指挥的技术？

小泽 指挥校内乐团。

村上 桐朋学园的乐团？

小泽 是的。我上了四年高中、三年大学。先在成城[①]读了一年高一，到了桐朋又读了一年。当时桐朋学园的音乐系还没成立，为此我等了一整年。后来又在那儿上了两年半大学……在那七年间，我一直担任学生乐团的指挥。因此在当上柏林爱乐或纽约爱乐的指挥前，我已积累了扎实的经验。如今回想起来，普通的指挥家是没有这种经验的。斋藤老师想必认为这种经验对将来绝对有帮助。

村上 自幼开始学乐器的人很多，但立志成为指挥家的大概寥寥无几。

小泽 对。这种人我周围根本没有，只有我一个。我语言不通，能切实地向外国的乐团传达自己的意念和意图，应该归功于具备扎实的指挥技术，也就是斋藤老师传授给我的基本技术。

村上 不过，为了达到这个目标，必须清楚地认识到自己想用什么方式做什么事。如果用小说形容，文笔当然重要，但最重要的还是心中得有“无论如何都想把这个写出来”的强烈意图。至少从这些唱片听来，小泽先生从年轻时开始，音乐里就带有鲜明的个人风格，总是能明确地掌握焦点。世上也有很多没学好或学不来这些

---

①指成城学园。

的音乐家。虽说不能一概而论，但日本的音乐家即使拥有高超的技术，能毫无破绽地完成高质量的演奏，也大多给人一种缺乏明确世界观的感觉。似乎都缺少建构属于自己的独特世界，并热切地传达给听众的意识。

小泽　这对音乐来说是最糟糕的。一旦如此，音乐便失去了意义，说不定还要沦落到去演奏“电梯音乐”，就是搭乘电梯时那种不知从哪儿传来的枯燥音乐。我想，没有一种音乐比电梯音乐更可怕。

数日后追加的简短访谈：莫里斯·佩瑞斯与哈罗德·冈伯格

村上　上回您提到了莫里斯·佩瑞斯——与您一同在伯恩斯坦旗下任职的副指挥。

小泽　对对。很碰巧，那天聊到他，马上就收到了他的消息。他寄了一张照片给我纽约的经纪人，是我们三个副指挥当年在卡耐基音乐厅前的合影，还附有问候卡。我上回不是取消了纽约的演出嘛，就是对此表达问候。昨天还是前天，这张照片就从纽约寄到了我手上。还真是凑巧呀。

村上　真是贴心。那天与您聊过后，我上网查阅了佩瑞斯先生的背景。他是波多黎各裔的美国人，至今仍是活跃的指挥家。一九七四年至一九八〇年间曾在堪萨斯市立交响乐团担任指挥，后来又在世界各地指挥管弦乐团。儿子是位颇有名气的融合爵士鼓手，叫保罗·佩瑞斯。

小泽先生读着我打印的资料。

小泽 他在中国也指挥了不少演出。噢，在上海歌剧院也指挥过。

村上 还写过一本叫作《从德沃夏克到艾灵顿公爵》的书。

小泽 嗯，他和艾灵顿公爵私交非常好。噢，真了不起，上网竟能查到这么多东西。

村上 这是从维基百科的网站上找来的，但不知道内容有多准确。此外，我也查了哈罗德·冈伯格的背景。原来他弟弟也是位双簧管演奏家，还担任过波士顿交响乐团的首席双簧管。

小泽 对对，没错，他有个叫拉尔夫的弟弟，长年在波士顿交响乐团担任首席双簧管，不过在我任职的最后那段时期退休了。哥哥是纽约的首席，弟弟则是波士顿的首席。

村上 兄弟俩精通同一种乐器，实力又不相上下，还真罕见。

小泽 的确罕见，而且两人的功力都无懈可击。弟弟拉尔夫的太太非常有名，曾担任波士顿芭蕾舞学校的领队。比起弟弟，哥哥哈罗德就显得疯狂得多。他有个很漂亮的女儿，曾试着撮合她与克劳迪奥·阿巴多，还为此想了好多办法。

村上 记得阿巴多继您之后，也当上了纽约爱乐的副指挥？

小泽 当时他还是单身。这件事把我也卷进去了，简直是糟糕透顶。(笑)

村上 哈罗德·冈伯格听了您的演奏后十分满意，因此提拔您担任录音的指挥，是吧？

小泽 对。他听了我指挥的《飨宴》，接着又听了我在返场时替兰尼指挥《火鸟组曲》的一个段落，十分欣赏，因此委托我担任录音的指挥。

村上 他在纽约爱乐担任了很长一段时间的首席，在那儿待了三十几年呢。

小泽 没错。不过他已经过世很久了。弟弟拉尔夫也在前一阵子辞世。哈罗德的太太是位竖琴演奏家，也作过曲，同样是位名人。夫妇俩热爱意大利，在卡布里岛拥有一栋漂亮的别墅，我曾受邀前去拜访。当时我到那儿指挥一家法国的管弦乐团，反正闲着也是闲着，他们一提出邀请，我就过去休息了几天。先搭火车到那不勒斯，再从那儿渡海到岛上。别墅是由一栋古老建筑改建而成的，夫妇俩都在那儿过夏天。记得他太太叫玛格丽特，还有他们夫妇俩都喜欢画画。（继续读着从维基百科下载的打印稿）噢……这下全都想起来了。

村上 上面说，他是在卡布里岛因心脏病发作过世的。

小泽 是么？唉，毕竟他大概比我年长二十岁。

中场休息三：尤金·奥曼迪的指挥棒

小泽　尤金·奥曼迪为人亲切。他欣赏我的演奏，曾数次请我到他担任常任指挥的费城管弦乐团当客座指挥。这对我而言简直有如天助。那阵子我还在多伦多当指挥，薪资很低，而资金充沛的费城管弦乐团酬劳丰厚。出于对我的信任，每次我到费城演出，他都让我自由使用音乐厅里他的办公室。

奥曼迪先生曾送我一支他爱用的指挥棒，质量很好，是特别订制的，非常好用。当时我手头不宽裕，还没办法订制指挥棒。有一次我打开他办公桌的抽屉，发现里面满是同样的指挥棒。当时我猜想少几支他也不会发现，便偷偷取走三支。谁知竟被他发现了。（笑）想必他那模样吓人的中年女秘书会时时清点吧。“是你拿的，对不对？”被她这么一逼问，我只得致歉：“是的，对不起，是我拿走的。”（笑）

村上　抽屉里总共有多少？

小泽　大概有十支吧。

村上 十支少了三支，当然会被发现。（笑）那指挥棒真的好用到让人想偷？

小泽 嗯，品质真的很好。看起来像支缩短的钓竿，前端镶上软木，十分柔软，是特别订制的。事后奥曼迪先生告诉了我可以去哪儿订制这种指挥棒。

村上 不知奥曼迪先生有没有将这件事当笑话传出去——“小泽那家伙，曾经从我办公桌的抽屉里偷走三支指挥棒。”（笑）

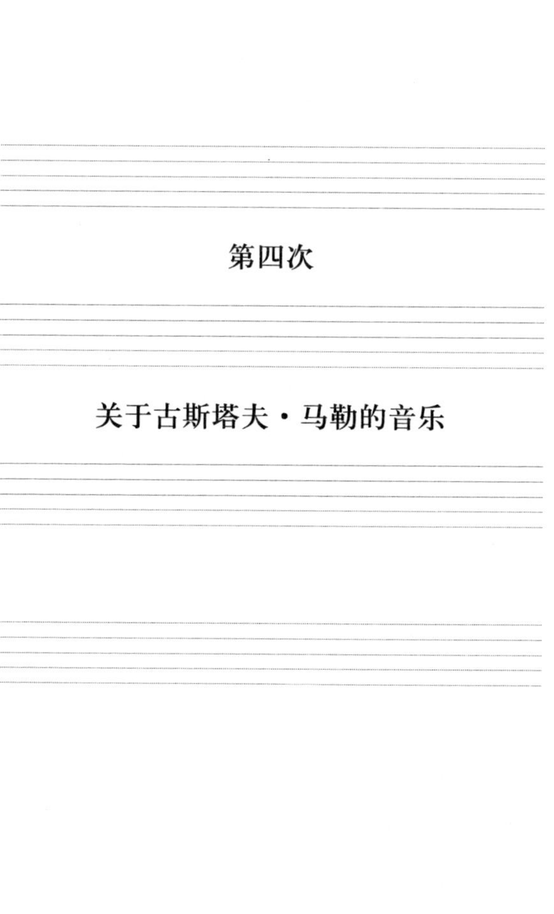

第四次

关于古斯塔夫·马勒的音乐

这次对谈是二〇一一年二月二十二日，在我位于东京市内的工作室进行的。日后又进行了追加访谈，补足细节。关于古斯塔夫·马勒，有太多的东西该聊，因为对小泽先生而言，马勒的乐曲是十分重要的曲目。对谈过程中也一再感受到这点。我曾长期听不懂马勒，但到了人生的某个时期，却开始深受吸引。不过，听小泽先生说原本一次也没听过马勒的音乐，却在读了乐谱后深受感动，我着实大吃一惊。这真的可能吗？

斋藤纪念管弦乐团堪称先驱

村上 上回原本有个问题想请教，一时忘了。斋藤纪念管弦乐团并不是常设乐团，一年仅聚首一回，而且每年的成员都有些差别，但音乐却能维持一贯的风格？

小泽 的确如此。至少我指挥时，风格是非常一致的。可见这是个有能力展现弦乐功力的管弦乐团。曲目也是按这种特质选择的。若要演奏马勒，就选择第一和第九……第二也是个理想的选项。

村上 即使不是定期演奏，整个乐团的音质也不会有太大差距？

小泽 还是有差距的。噢，变化最大的就是双簧管吧。原本是由宫本（文昭）先生演奏的，但他几年前退出了。他是指导完接手的后辈才退休的。但后继者却一直定不下来。后来找到一位很不错的法国演奏家，有了这位生力军，上回演奏的柏辽兹《幻想交响曲》，就十分接近原有的音质了。

村上 若交由其他人指挥，即使乐团成员维持不变，音质也会改变很多？

小泽　好像会变。大家都说变化很大。总之，斋藤纪念管弦乐团传承了高水平的弦乐传统。奠定基础的功臣就是斋藤老师的弟子们。世上有不少成立初衷相似的乐团，斋藤纪念管弦乐团最大的不同点就是弦乐部分的功底一直都非常扎实。

村上　倒是，斋藤纪念管弦乐团好像是这种不定期的季节性乐团的先驱？

小泽　可以这么说。当时全世界应该还没有同一形式的乐团。马勒室内管弦乐团、琉森音乐节管弦乐团，还有不来梅德意志室内爱乐乐团，创立时间都比斋藤纪念管弦乐团晚。但在刚创立时，斋藤纪念管弦乐团曾受到不少批评。许多人认为我们不过是一群东拼西凑的乌合之众，哪能演奏出什么好音乐。当然，也有人赞许。

村上　最初只打算举行一次聚会？

小泽　是的。最早是在一九八四年，为了纪念斋藤老师逝世十周年，他的学生组成了一个乐团，在东京的文化会馆和当时刚落成的大阪交响乐厅举办音乐会。后来大家发现效果不错，应该能举办下去，绝对能成为国际水平的管弦乐团。

村上　也就是说，起初大家没想到能年年重聚，甚至举办海外巡回音乐会？

小泽　是的，完全没想到。

村上　但这种组织方式却在全球音乐界引领了一股潮流，看来斋藤纪念管弦乐团堪称先驱。

伯恩斯坦着手演奏马勒之初

村上 小泽先生您师从斋藤老师门下时，从没指挥过马勒？

小泽 印象中是没有。

村上 这是不是时代气氛使然？

小泽 是的。伯恩斯坦在六十年代前期开始热衷马勒的乐曲以前，演奏马勒的人屈指可数。除了布鲁诺·瓦尔特，几乎没有指挥家热衷演奏马勒。

村上 我从六十年代中期开始听古典音乐，当时马勒的交响曲极不流行。唱片目录上只看得到瓦尔特指挥的《巨人》、《复活》、与《大地之歌》。[①]不仅没多少人听，也几乎没有音乐会选择他的乐曲。现在向年轻人提起当时的情况，想必他们要大吃一惊。

小泽 对对，当年的确没多少人听。卡拉扬老师从那个时期开始演奏《大地之歌》，也用这首曲子教学，但是没有尝试其他交响曲。

村上 伯姆好像也没指挥过马勒的交响曲？

小泽 没有没有。

村上 富特文格勒也没有？

小泽 应该没有[②]，虽然他曾指挥过布鲁克纳的作品……我自

---

①《D 大调第一交响曲》，即《巨人》。《C 小调第二交响曲》，即《复活》。《A 小调大地之歌交响曲》本应被排入交响曲的编号，成为“第九交响曲”，但马勒认为不祥，最后定名“大地之歌”。

②富特文格勒在第二次世界大战前零散地指挥过马勒第一、第三、第四交响曲，1951年指挥过《旅行者之歌》，并在 1952 年与 EMI 公司录音。两人记忆有误。

已也没听过布鲁诺·瓦尔特指挥的马勒乐曲。

村上 上回我听过门格尔贝格与阿姆斯特丹皇家音乐厅管弦乐团在一九三九年演奏的马勒作品……

小泽 哦，有这种东西？

村上 演奏的是《第四交响曲》，但如今听来感觉非常过时……也听过布鲁诺·瓦尔特亡命前夕在维也纳指挥的《第九交响曲》，但印象中瓦尔特和门格尔贝格的乐风都太陈旧。不仅是录音的原因，音色本身也太古老。两人都是马勒的直系弟子，他们的演奏或许在音乐史上都算极好的，但如今听来还真是累人。直到一段时期后，瓦尔特又用立体声重新录制了马勒的乐曲，奠定了复兴马勒作品的基础，伯恩斯坦也开始积极地重新诠释马勒的作品，是吧？

小泽 对。他率领纽约爱乐录制马勒全集时，我正好担任他的副指挥。

村上 当时即使在美国，普通乐迷也没有欣赏马勒的习惯，对吧？

小泽 几乎没有。他就在这种时候执着地演奏马勒。不仅在音乐会上连续演出，也积极录音。虽然没有涵盖马勒的所有乐曲，但连续演出就进行过两次。后来到了维也纳爱乐，又进行过同样的演出。这大概是六十年代末期的事。

村上 在他从纽约爱乐辞职后？

小泽 是的。但辞职前他也到过维也纳，与维也纳爱乐一同进行过同样的演出。但那是利用学术休假期间进行的。

村上 说到这儿，我想起您曾提到在伯恩斯坦学术休假期间为他看过家，难道真的是为他看家？

小泽 不，是为他看守乐团。

村上 看守乐团指的是……

小泽 虽然还得负责指挥，但那时指挥得少些，大多数时候得打点乐团的大小杂事。当时请来许多客座指挥，例如约瑟夫·克里普斯、威廉·斯坦伯格，还有那位叫什么名字来着，一位英俊潇洒的美国人，很年轻就过世的……

村上 年轻英俊的美国指挥家？

小泽 噢……记得叫托马斯什么的。

村上 席伯斯？

小泽 对，托马斯·席伯斯。他个性和善，与兰尼是莫逆之交，娶了一位美丽的佛罗里达大小姐。曾以他为主角举办过意大利的音乐节，可惜英年早逝。记得他过世时只有四十来岁。克里普斯、斯坦伯格、席伯斯……记得还有另一位指挥，一时想不起是谁了，总之来了这四位客座指挥，一切都得由我打理。例如斯坦伯格要指挥贝多芬《第九交响曲》时，我就得预先把合唱团打理好。我一年定期指挥两回，他们四位每人负责指挥六个礼拜。因此，我算是副指挥兼串场。那是个很好的学习机会，我与托马斯·席伯斯结为好友，斯坦伯格偶尔请我吃饭，至于克里普斯，想必我也是拜这机会之赐，被他推荐给旧金山交响乐团当指挥。后来我不是去了多伦多吗？克里普斯在旧金山当了大约五年总监，辞职时就指名让我继任。所以我才辞去多伦多交响乐团一职，去了旧金山交响乐团。

村上 兰尼请了一年的学术休假？

小泽　对，他放了一年假。

村上　那段时间，乐团事务就委托小泽先生您管理？

小泽　对，类似代理音乐总监。只是并不插手人事工作，毕竟我不擅长，也不参与面试。做的都是些类似打杂的工作，可把我给忙坏了。

村上　这是您赴多伦多前的事？

小泽　对，记得是去多伦多一年前的事。好像是忙完这份差事后，才迁往多伦多。

村上　伯恩斯坦就是在这段时期去了维也纳？

小泽　嗯。其实他申请休一年假是希望能暂停指挥专心作曲，却跑到维也纳去当指挥，为此还遭了不少白眼。纽约爱乐的人直抱怨，当初分明是为了作曲才让他休假的，结果却是这样。其实他是忽然接到维也纳的邀请，悄悄上那儿去的。好像就在那时，他在维也纳剧院这座古老的歌剧院里指挥了贝多芬的《费德里奥》。这座剧院是第一次上演这部歌剧。记不清当时是为了什么事，我正好到维也纳出差，便去观赏了，而且还坐在卡尔·伯姆旁边。

村上　真令人羡慕。

小泽　门票好像就是他赠送的，似乎是把他太太那张给了我。当年我还没什么钱，就算到维也纳指挥，酬劳也很低，再加上是从美国过去的，还有交通费这项支出，所以当初这门票好像是他给的。《费德里奥》的演出结束后，我和伯姆一起到后台找兰尼。当时我满心期待两人会聊些什么，没想到根本没聊《费德里奥》。伯姆不就是指挥《费德里奥》的大师？

村上　是呀。

小泽　伯姆来到日本，在日生剧场演出《费德里奥》时，副指挥就是我。因此原以为他们俩会兴高采烈地聊起《费德里奥》，没想到却只字未提。（笑）记不清他们都聊了些什么，好像是美食或那座剧场的八卦等无关紧要的话题。

村上　难道他们俩刻意不谈音乐？

小泽　我也不知道。如今想来还真是奇怪。

村上　伯恩斯坦在维也纳也指挥过马勒吗？

小泽　应该有。提到这件事，虽不是在那时候，但他在维也纳录制马勒《第二交响曲》时，我也在现场。当时我定期为维也纳爱乐指挥，同时兰尼也用维也纳爱乐为哥伦比亚录制唱片。因为我在哥伦比亚担任制作人的好友约翰·麦克卢尔当时也从美国来到了维也纳。也就是说，维也纳爱乐在定期与我合作的同时，也利用其他时间邀观众入场，录音或录像。

村上　请问这是什么时候的事？

小泽　好像是七十年代初期，记得是在征良（小泽先生的长女）出生前后。当时兰尼住在萨赫酒店，我则住在帝国酒店。和维也纳爱乐一起活动时，住帝国酒店比较便宜，所以我每次都住那里。那时兰尼过来探望我，说想看看刚出生的宝宝。走进我们的客房，他抱起征良就往空中抛，还说他很在行，能用这种方式和宝宝沟通。贝拉[①]气得半死，（笑）直说他怎么能把人家辛辛苦苦生下来

---

①小泽征尔的夫人入江美树。

的孩子给……

村上　哎呀，幸好后来还是平安长大了。（笑）维也纳爱乐的这场录像我没看过，目前只能看到他在同一时期指挥马勒《第二交响曲》（“复活”）时的录像，但乐团是伦敦交响乐团，拍摄地点也是在英国。记得制作人好像也是约翰·麦克卢尔。听众坐在一座宏伟的教堂里欣赏演奏，进行现场录像。但后来哥伦比亚并没有发行这张唱片。

小泽　那么，当时在维也纳的那场录像，或许只是为了供电视播映，不是正式录音。总之，当时兰尼和维也纳爱乐一同演奏了马勒《第二交响曲》，这点绝对错不了。他的太太费利西亚也来了。她是个美丽绝伦的智利人，皮肤非常白皙，以前是明星，后来与贝拉也成了好友。那时我们还很穷，她心想贝拉应该喜欢穿得漂漂亮亮的，便常送衣服给贝拉。巧的是她们俩的体型也完全相同。

村上　演奏本身如何？

小泽　我认为无可挑剔。当时他也非常紧张。我们通常在演出前一晚一起用餐，轻松地品酒，但当时他却罕见地没邀请我。直到他演出后心情轻松了，我才和他去吃饭。

村上　伯恩斯坦在六十年代积极地演奏马勒那段时期，一般听众的反应怎样？

小泽　就我在维也纳听的那场马勒《第二交响曲》的演奏来看，听众的反应十分热烈。后来我在坦格伍德也演奏了《第二交响曲》，听众的反应同样很好。我心想，原来演奏马勒能获得这么大的反响呀。恐怕那还是第一次有人在坦格伍德演奏马勒《第二交响曲》。

村上 纽约爱乐演奏时，评价又是如何？

小泽 我记不太清楚了。（略为沉思）嗯，报上的乐评似乎是毁誉参半。或许这么说对伯恩斯坦有些失敬，《纽约时报》的乐评人勋伯格简直就是伯恩斯坦的天敌。

村上 哈罗德·C·勋伯格。这人非常有名，我读过他写的书。

小泽 说来有趣。一九六〇年，我还是个学生时，曾在坦格伍德一场学生音乐会上指挥过德彪西《大海》。那是由三人分工指挥的，我负责末乐章。也指挥了柴科夫斯基《第四交响曲》，由四人分工，我同样负责指挥末乐章。事后，勋伯格竟然在翌日的《纽约时报》上提到我。他原本是为了听波士顿交响乐团的音乐会而来，却连学生音乐会也写了，还提到我的名字，并写道："建议大家记住这位指挥家的名字。"

村上 真了不起。

小泽 吓了我一大跳，后来的事更叫我受宠若惊——他竟然特地给这场学生音乐会的主办者打电话，还亲自来见我，告诉我如果有机会到纽约，务必去找他。他通常不说这种话。没过多久，我就因公去了纽约。那还是我第一次到纽约，就顺道去《纽约时报》拜访他了。他还专程带我在报社里走了一圈，告诉我这里是印刷厂，这里是音乐组，这里是文化组，全程花了两三个小时，甚至还请我喝了茶。

村上 真是了不起。他果真很欣赏您。

小泽 是吧。我成了兰尼的副指挥后，他常拿这件事来揶揄我。老是说一个总是找自己麻烦的人，对征尔竟然如此礼遇之类的。勋伯格批评伯恩斯坦时从不留情，就连我读了也担心这乐评是不是骂得太过火。但他对我……该怎么说呢，的确很客气。或许是将我视为他发掘的新秀了吧。

村上 《纽约时报》不论是乐评还是剧评，都非常有影响力。是吧？

小泽 没错。不知现在如何，但当年影响力的确很大。

村上 我在伯恩斯坦的传记中曾经读到，他饱受纽约媒体打压，但到了维也纳却出人意料地受到听众与媒体的热烈欢迎。他高兴之余，不禁纳闷：纽约那些人是怎么回事？后来干脆将活动重心转移到欧洲去了。

小泽 这我就不清楚了。毕竟当时我还听不太懂英语，对周围的情况不太了解，只知道他广受欢迎，音乐会总是一票难求，哥伦比亚公司接二连三发行他的唱片，音乐剧《西区故事》也大为轰动。当时我只看到了他华丽的一面。总而言之，后来他与维也纳爱乐维持着友好的关系。

村上 离开纽约爱乐后，他就没再担任过音乐总监了，是吧？

小泽 是的。

村上 是因为那段不愉快的经历？

小泽 哈哈哈，我就不清楚了。

村上 伯恩斯坦好像并不擅长管理，据说他总是不知该如何当面对人说“不”。

小泽 嗯，他的确不擅长当面把话说清楚，也不擅长训斥人。这种事他做不来，反而会向别人征询意见。我担任他的副指挥时，他也在音乐会后问我“喂，征尔，刚才勃拉姆斯《第二交响曲》那节奏还可以吧？”之类的。我虽心想“喂喂，这种事你怎么会问我”，但还是用心回答他的问题，所以每次都得聚精会神地听完他的指挥。要是在后台吊儿郎当地瞎混，事后被他问起来岂不尴尬？（笑）

村上　原来他这样愿意聆听他人的意见。

小泽　嗯，他就是这种态度。连我这种刚出道的新手，只要大家都是吃音乐这碗饭的，在他眼中就一律平等。

村上　总之，伯恩斯坦演奏的马勒当时在纽约是毁誉参半？

小泽　我记得是这样。但乐团的确是卖力演出。毕竟演奏马勒的难度很高，大家都下了一番功夫潜心钻研。当时我们每年演奏三首马勒的交响曲，我亲眼看见乐团为此是如何拼命的，先是音乐会，紧接着又得到曼哈顿中心录唱片。

村上　因此，每年都以两三张的频率推出马勒交响曲的唱片？

小泽　大概是这种频率。

浑然不知世上有这种音乐存在

村上　当时小泽先生您听过马勒的作品吗？

小泽　不，完全没听过。还在坦格伍德当学生时，我有个叫何塞·塞雷布里埃的室友，也是个指挥家，当时他正在钻研马勒《第一交响曲》和《第五交响曲》。塞雷布里埃学业很优秀。如今我们偶尔还碰面，比如他会到后台来拜访我。在伦敦和柏林时，我们也都见过面。当时我拜托他让我看看乐谱，那是我有生以来第一次亲眼看到马勒的作品。后来我也得到了这两首曲子的乐谱，研读了一番。当时我们不过是个学生乐团，没能力演奏这种曲子，但还是努力研读乐谱。

村上 也没听唱片什么的，就只读谱？

小泽 没有唱片可听。当年我还买不起唱片，也没有音响。

村上 第一次读到那乐谱，是什么感觉？

小泽 那真是无以言喻的冲击。首先让我感到震撼的，是当时竟浑然不知世上有这种音乐存在。想到大伙儿在坦格伍德演奏柴科夫斯基和德彪西的同时，竟然有人在全心研读马勒，我大为震动，非得赶紧拿到一份乐谱不可。因此，后来我竭力将第一、第二、第五交响曲这几首读得滚瓜烂熟。

村上 读马勒的乐谱有趣吗？

小泽 当然有趣，毕竟是从来没见过的东西。心里直想：噢，世上竟然有这种乐谱。

村上 是不是感觉这些乐曲和自己演奏过的乐曲简直属于不同的世界？

小泽 最让我吃惊的，是发现有人竟然能将管弦乐团配置得如此巧妙。马勒配置乐团的技巧堪称极致。因此对乐团而言，世上没有比马勒的作品更具挑战性的乐曲了。

村上 也就是说，直到伯恩斯坦那段时期开始尝试，您才初次听到乐团演奏马勒的乐曲？

小泽 是的。担任他的副指挥时在纽约听到的演奏，是我第一次真正听到马勒的作品。

村上 听到时有何感想？

小泽 啊，只能用冲击一词来形容，也切身体会到能置身伯恩斯坦开拓的这片音乐领域，真是三生有幸。因此我一到伦敦，马上就演奏了马勒，心想这下终于有机会了。我在旧金山交响乐团期间，也指挥了马勒几乎所有的乐曲。

村上 听到您的指挥，一般的听众是什么反应？

小泽 我觉得他们应该挺喜欢的。当时马勒虽然称不上流行，但在交响乐迷中已逐渐受到瞩目。

村上 但马勒的交响曲，不仅是演奏者，就连听众听来也很累人吧？

小泽 嗯，不过，当时马勒已经受到一定程度的欢迎，开始流行了。这都得归功于伯恩斯坦的努力。他使尽浑身解数，只是为了让世人喜欢上马勒。

村上 但在很长一段时间里，都没有多少人欣赏马勒的乐曲。这是为什么？

小泽 （一脸纳闷）这……我也猜不透。

村上 从瓦格纳、勃拉姆斯，到理查德·施特劳斯，德国浪漫派的族谱似乎就此告一段落，后来经过勋伯格的十二音序列音乐，又跳到斯特拉文斯基、巴托克、普罗科菲耶夫、肖斯塔科维奇……很长一段时期，大家认为音乐史大致上是这个进程，并没有多少让马勒或布鲁克纳跻身其中的余地。

小泽 一点也没错。

村上 但马勒却在去世半个世纪后奇迹般得以复兴。这究竟是什么缘故?

小泽 我个人认为,马勒作品得以复兴的契机就是乐团演奏之后,发现这些乐曲似乎很有趣,因此开始竞相演奏马勒。继伯恩斯坦之后,每个管弦乐团都开始积极演奏马勒,尤其在美国,这股风潮甚至炽热到人人认为不会演奏马勒作品的乐团就称不上管弦乐团。不仅是美国,马勒的老东家维也纳爱乐好像也开始积极演奏他的作品。

村上 但身为马勒的老东家,维也纳爱乐此前似乎一直没演奏马勒的乐曲?

小泽 的确没有。

村上 主要原因是不是伯姆或卡拉扬对马勒缺乏兴趣?

小泽 或许是。尤其是伯姆,完全没演奏过。

村上 两人都频繁地演奏布鲁克纳或理查德·施特劳斯,却没触及马勒。马勒在维也纳爱乐当了很长一段时间音乐总监,但印象中维也纳爱乐却长年对马勒的作品十分冷淡。

小泽 虽然如此,如今的维也纳爱乐却将马勒诠释得十分精湛。他们的演奏真是完美,能完全重现马勒的灵魂。

村上 记得上回您提到,柏林爱乐演奏马勒时,卡拉扬常委任您指挥,是吧?

小泽 对,我在柏林爱乐指挥过马勒《第八交响曲》。那似乎是柏林爱乐第一次演奏这首曲子。卡拉扬老师一声吩咐,我就执起了指挥棒。不过，这首曲子通常应该由音乐总监来指挥才对。

村上　嗯，这首曲子十分重要，堪称压轴。

小泽　但不知怎的，这重担却落到了我身上。还记得当年是拼了命指挥的。不仅召集了最优秀的独奏者，还有合唱团，除了柏林爱乐自己的合唱团之外，还特地请来了汉堡广播公司合唱团、科隆广播公司合唱团这类一流的专业合唱团，阵容浩大，简直像大祭典似的。

村上　毕竟这曲子不能轻易演奏。

小泽　后来我在坦格伍德又指挥了这首曲子。到了巴黎，也和法国国家交响乐团合作，在一个叫圣但尼的地方演奏过。

马勒作品演奏的历史变迁

村上　从六十年代到今天，马勒作品的演奏风格有了很大的变化，对吧？

小泽　与其说是变化，毋宁说是出现了各种演奏风格。我个人就很喜欢兰尼诠释的马勒。

村上　伯恩斯坦和纽约爱乐的马勒，如今用唱片听来依然新鲜。我现在还是常常听。

小泽　除此之外，卡拉扬老师诠释的《第九交响曲》也叫人赞叹。虽然他直到晚年才开始指挥马勒，但的确无可挑剔，末乐章尤其精彩。当时我心想，这还真是适合卡拉扬老师指挥的曲子。

村上　如果管弦乐团的音质不够精致优美，这首曲子就没戏了。

小泽　尤其是末乐章。和布鲁克纳《第九交响曲》的末乐章一样，非常难处理。特别是那静静淡出般的结尾。

村上　若从上回聊到的方向性来说，要是不用较长的单位来处理乐句，内容根本演奏不完。

小泽　对对，气不够长的管弦乐团是演奏不来的。布鲁克纳也是这样。

村上　小泽先生您在波士顿的最后那段时期演奏的马勒《第九交响曲》，实在优美得叫人屏息。就是发行了 DVD 的那场。

小泽　噢，那次我可是相当投入。到头来发现，马勒的曲子看起来复杂，实际上对乐团而言也的确很复杂。但最近我觉得，马勒乐曲的本质是——希望这么说不要招人误解——只要够投入，演奏起来其实很单纯。或许不该说单纯，而是具有民谣般的特点，大家听了都能朗朗上口。只要好好掌握这一点，运用优秀的技巧和音色，再加上相当程度的投入，应该就能演奏好。

村上　嗯，但这说来简单，做起来可能很困难吧？

小泽　嗯，说困难当然是困难……我想说的是，马勒的音乐乍看之下难度颇高，实际也的确如此，但只要苦心钻研内容，再加上足够的投入，就会发现这些曲子其实并不是那么混乱艰涩，不过是含有许多层次，再加上许多要素同时出现，听来才那么复杂。

村上　有时毫无关联的动机，甚至方向性完全相反的动机会同时出现，还是完全对等地出现。

小泽　它会在非常接近的地方进行，因此听来才如此复杂。读谱时也不时被搞得晕头转向。

村上　就连听众在聆听时也难以掌握乐曲的整体结构，因为过于分裂。

小泽　是的。后来梅西安的乐曲在这方面也是一样。三种单纯的旋律毫无关联地同时进行。其中每一种旋律都十分单纯，只要够投入，轻而易举便能演奏出来。这表示负责某部分的演奏者，只要努力尽自己的本分便成。其他部分的演奏者也是一样，尽自己的本分就好。只要同时将他们结合起来，就能得到需要的音色。道理就是这么简单。

村上　是啊。前阵子我听了一张许久未听的唱片，布鲁诺·瓦尔特用立体声录制的《巨人》。感觉他的演奏里几乎听不出您方才提到的掌握或解析马勒乐曲的诀窍，而是强烈地感觉到一种……该怎么说呢，将马勒的交响曲整体粗略地嵌入一个牢固框架的意图。比方说，试着让这音乐更接近贝多芬交响曲的结构。如此一来，就变成了一种稍稍有别于马勒风格的曲风。例如《巨人》的第一乐章，听来不禁叫人错以为是贝多芬的《田园交响曲》。但小泽先生您指挥的《巨人》，就不会给人这种感觉。首先，音色就截然不同。到头来，感觉瓦尔特似乎深深沉浸在德国传统音乐的形式，即奏鸣曲的形式里，无法跳脱。

小泽　有道理。他这种诠释方式，或许与马勒的乐曲不太相配。

村上　当然，就音乐本身而言，他的指挥的确不俗。不仅水平高，听来也能打动人心。瓦尔特算得上是以自己的思考架构出完整的马勒作品形象。但我们在马勒的乐曲中所追求的，或者说我们领会到的马勒的特质，应该不只是音色。

小泽 从您刚才提及的意义而言，兰尼的功劳实在不小。他也是作曲家，因此能向演奏家做出类似这样的指示：“这部分就这样演奏，其他的什么也别想。”有点 do yourself 的味道，只要谨守自己的本分就好。依这种模式演奏，听者便有种“原来如此”的恍悟，感觉乐团的演奏听来流畅自然。这种要素在《第一交响曲》中就有了。到了《第二交响曲》，变得更明显。

村上 但我从六十年代录制的马勒唱片听来，刚才小泽先生提到的“专攻细节便能展现整体”的诠释逻辑，在当时似乎还没出现，有种用更情绪化的世纪末的维也纳风格来呈现这些乐曲、老老实实接受个中混乱的倾向。您刚才提到的诠释方向，是不是近年才兴起的潮流？

小泽 噢，或许是。不过很明显，马勒的乐谱就是这么写的。也就是说，很久以前就有同时演奏 A 和 B 两种动机时，该以哪边为主、哪边为辅这种区别，但马勒却让两种动机以同位关系的方式演奏。因此负责 A 的演奏者必须使出浑身解数演奏 A，负责 B 的演奏者也该使出浑身解数演奏 B。必须完全投入，也必须有丰沛的音色，铆足全力认真演奏。而让不同动机有条不紊地同时进行，就是指挥家的职责了。这就是演奏马勒的乐曲时最需要的东西，乐谱上真的是这么写的。

村上 关于《第一交响曲》（“巨人”），至今已发行三张由您指挥的唱片。一九七七年与波士顿交响乐团，一九八七年与波士顿交响乐团，最后一张是二〇〇〇年与斋藤纪念管弦乐团。将这三张做个比较，会发现每张的风格都很不一样。

小泽 嗯……是吗?

村上 差别大得令人惊讶。

小泽 嗯。

村上 简单地说，我觉得与波士顿交响乐团合作的第一次演奏，整体气氛比较清新。可以说是年轻人的音乐、直率地感动人心的音乐。与波士顿交响乐团合作的第二次演奏，气氛就变得比较浓厚，几乎是只有波士顿交响乐团才演奏得出的绝品。到了最后一张与斋藤纪念管弦乐团合作的版本，演奏又能让人听出每个细节，内声部被雕琢得清清楚楚。比较这三者的不同，十分有趣。

小泽 毕竟三次演奏年代相隔很远，我也有了不少改变。以前没这样比较过三者，自己也从没想过，但听您一说，似乎真有这么点味道。

村上 近年阿巴多指挥的马勒，与您对马勒的诠释方式似乎有些相似的味道，让人觉得他应该也一丝不苟地研读过乐谱。感觉他似乎深信只要深入钻研乐谱，马勒的面貌便能自然而然地浮现。杜达梅尔的指挥也带有这种味道。两者都让人感觉“投入情感当然重要，但这不过是深入钻研带来的结果”。

小泽 噢，或许真是这样。

村上 六十年代演奏的马勒，例如库贝利克指挥的，似乎仍一脚踩在浪漫派土壤里，带点折中的感觉。

小泽 有道理。或许演奏家就是想如此诠释。但我觉得如今的演奏家可就不同了。不仅心态改变了，对自己在整体中该扮演什么角色的认知改变了，录音技术也改变了。从前的录音倾向于录下整体的音乐，最重要的是残响，重视整体而非细节。六十年代与七十年代的录音大多遵循这种原则。

村上　数字化后，这种倾向就有了改变。听马勒的乐曲，如果不能清清楚楚听出每件乐器的声音，就显得索然无味。

小泽　完全正确。或许是这个缘故。数字化后，能更清楚地听出每个细节，演奏方式也随之逐渐变化。从前，大家认为能录下几秒残响非常重要，如今却不再有人关心。若不能听出每个细节，听众就无法接受。

村上　或许主要和录音技术有关，伯恩斯坦在六十年代指挥的曲目，如今听来就感觉听不出多少细节，纯粹是集体演奏。因此听当年的黑胶唱片时，能感觉到一种细节不如感情要素受重视的倾向。

小泽　因为录音地点曼哈顿中心就是这样的地方。近年大都选择在音乐厅的舞台上录音，能让唱片呈现出与音乐会同样的效果。

在维也纳发狂

村上　许多演奏马勒乐曲的演奏家，或许听众也一样，喜欢深入钻研马勒的个性、生平、世界观、时代背景或对世纪末的省察这一类的。小泽先生您又是如何？

小泽　虽然常读他的乐谱，但我不太关心这些。我三十年前开始在维也纳工作，在当地交了朋友，接着开始造访美术馆。在美术馆里看到克里姆特和埃贡·席勒的作品时，大感震惊。后来常去参观美术馆。看到这些作品，我似乎理解了马勒的乐曲是在与德国音乐的决裂中诞生的，也对这是怎样的决裂有了深刻的体悟。这种决裂方式，是绝对而彻底的。

村上　上回到维也纳，我也去美术馆参观了克里姆特展。在维也纳看到他的作品，的确给人这种感觉。

小泽　克里姆特的画优美细腻，但看着看着，却觉得透出几分疯狂。

村上　嗯，的确不寻常。

小泽　不知该说他是很重视这种疯狂，还是完全抛弃了伦理观念，有些地方已凌驾于道德这类东西之上。事实上，当时的确是个道德沦丧、疾病横行的时代。

村上　当时梅毒一类的疾病好像很流行，维也纳可能就笼罩在这种身心双重的堕落中。上回到维也纳，我正好有空，便租车开到捷克南部旅行了四五天，马勒出生的村庄卡里什特就在那一带。当时没打算上那儿瞧瞧，但开车经过时有机会瞅了一眼。那地方如今还是偏僻的乡村，放眼望去，尽是一望无际的田地。离维也纳分明没多远，风土差异却大得叫人吃惊。当时我心想，马勒从这样一个地方到了维也纳，价值观一定发生了巨大的转变。当时的维也纳不仅是奥匈帝国的首都，还是绚丽的欧洲文化中心，必定一派金碧辉煌。在维也纳人眼中，马勒一定是个不起眼的乡下人。

小泽　噢，有道理。

村上　而且还是个犹太人。但仔细想想，因为汇集了周边的文化，维也纳这个都市才会充满活力。读过鲁宾斯坦或鲁道夫·塞尔金的传记，便不难了解这一点。从这个角度出发，便很容易在马勒的乐曲中找到民谣和犹太音乐的影子。严肃优美的旋律中其实掺杂着不少这类要素，这种多元混合的特质成了马勒乐曲的魅力之一。倘若马勒成长于维也纳，或许创作不出这种作品。

小泽　嗯。

村上　那个时代成就非凡的创作者，不论是卡夫卡、马勒，还是普鲁斯特，全是犹太人，也都是从外部撼动既有的文化结构缔造成就的。说到这一点，马勒这犹太乡下人的出身其实意义重大。这是我在波西米亚旅行时的感悟。

第三和第七交响曲有些“怪怪的”

村上　伯恩斯坦在六十年代演奏的马勒，最值得留意的就是感情投入的程度，或许可以说是将自我投射在马勒身上吧。他的演奏实在是热情洋溢。

小泽　一点也没错。的确如此。

村上　听得出他对马勒的乐曲有很强烈的共鸣。首先，他对马勒的犹太人身份就有强烈的意识。

小泽　我也这么认为。

村上　但这种民族性一类的要素，在近年的马勒演奏中似乎有减弱的倾向。例如在您或阿巴多的演绎中，这种色彩就比较淡薄。

小泽 也对。我对这一点没有太多感觉，但兰尼却有强烈的共鸣。

村上 不仅是因为马勒的音乐里含有许多犹太文化要素？

小泽 应该不仅仅是这样。但兰尼对这种血缘上的联系似乎有强烈的认同感。小提琴家艾萨克·斯特恩这种民族意识同样强烈。当然，伊扎克·帕尔曼也是如此。如今圆滑些了，但年轻时真够刚烈。丹尼尔·巴伦博伊姆也是一样。不过他们都是我的挚友。

村上 犹太裔的音乐家还真不少，尤其在美国。

小泽 我和他们很熟，但有些时候还是无法弄清他们如何看待某些事，或在想些什么。或许在他们看来，父亲是佛教徒、母亲是基督徒，却没什么信仰的我，同样难以捉摸。

村上 那他们有没有基督徒与犹太教徒之间那种文化摩擦？

小泽 这倒没有。

村上 也就是说，伯恩斯坦对马勒或马勒的音乐怀有强烈的民族情感。而且一如马勒，伯恩斯坦也是指挥家兼作曲家。这个共同点或许也是重要因素。

小泽 但如今回想起来，我在纽约那段时期还真是最有趣的时代。伯恩斯坦热心地演奏马勒那段时期，我正好担任他的副指挥。他对马勒的投入程度如今看来也不同寻常。记得说过好几次，我当年外语能力不够好，实在深感遗憾。当初排练时他曾说了许多话，可惜当时我实在听不太懂。

村上 但他一下指示，乐团演奏的声音马上起了变化，应该还是看得出来吧？

小泽 演奏现场的这类指示当然看得出来。但他不是这样，而是中断排练，向团员不停地说很多话，我没听懂。团员倒是抱怨很多。因为排练的时间是固定的，他的话一多，排练时间就得缩短。有些人为此焦躁不安，要是弄得大家得加班，团员们可就要生气了。

村上 他究竟都说了些什么？陈述类似音乐的意义之类的？

小泽 音乐的意义当然会说。但说着说着总是跑题，变成“说到这儿，上回我到某地的时候……”一类的闲聊。最让大家生厌的就是这一点。

村上 他是个话多的人？

小泽 不仅话多，确实是能言善道。话匣子一开，大家听着听着，都不由自主地认为他说得有道理。所以我才为当时没听懂深感遗憾。真想知道他当时究竟都说了些什么。

村上 您总是就近观察伯恩斯坦的排练，并勤快地做笔记，是吗？

小泽 没错。但他一滔滔不绝，我就没辙了。

村上 您先读谱，在脑海中想象出音乐的框架，再现场聆听伯恩斯坦指挥乐团的演奏，是否曾有过“噢，这和自己想象的完全不一样”的经历？

小泽 这种经历非常多。我原本抱着读勃拉姆斯的心态读马勒的乐谱，实际听到音乐时却常常大吃一惊。

村上 每回听马勒的长篇交响曲，我都感觉像贝多芬或勃拉姆斯那种结构较单纯的乐曲，按顺序记下乐曲的进程应该不难，但像马勒这种结构复杂的乐曲，指挥会不会很难整篇记熟？

小泽 指挥马勒最重要的不是记熟，而是能否沉浸其中。如果无法全心投入，就演奏不好。要记熟并不困难，但记熟后还要充分投入就不简单了。

村上 我常常掌握不了顺序。比如《第二交响曲》第五乐章，一下跳这头、一下跳那头的，也让人纳闷这儿怎么忽然变成这样，听着听着感觉一片混乱。

小泽 因为变化得完全没道理。

村上 没错。莫扎特或贝多芬的乐曲就不会如此。

小泽 因为他们的乐曲有一个明确的形式框架。而马勒的意义就在于瓦解这种形式框架，而且是刻意瓦解。因此在奏鸣曲通常让听众期待“应该回到这种旋律”的地方，会出现截然不同的旋律。从这点来说，的确难以熟记，但只要努力研读，沉浸到这种逻辑中，演奏起来就不至于太困难。做到这些的确得花上不少时间。比起钻研贝多芬或布鲁克纳，钻研马勒需要的时间多得多。

村上 刚开始听马勒，曾质疑他是不是压根儿没弄懂作曲的逻辑，如今偶尔还有这种感觉，直纳闷这种地方为何要变成这样。但听得久了，反而能在这种地方得到快感。虽然最后感觉心灵受到洗涤，但过程中仍有不少地方让人感到迷糊。

小泽 第三与第七交响曲尤其如此。演奏这两首时如果不够专心，中途就会迷失。第一没问题，第二没问题，第四没问题，第五也没问题。第六虽有那么点别扭，但也没多大问题。但到了第七，问题就来了。第三也有点别扭。到了第八，由于规模宏大，就不怎么会碰上问题。

村上　到了第九，虽然还是有叫人难以理解的地方，但好像属于不同的层次了。

小泽　我曾率波士顿交响乐团在欧洲巡回演出过第三与第六交响曲。

村上　真是不落俗套的组合。

小泽　当时波士顿交响乐团演奏的马勒广受好评，欧洲便有人请我们前去演奏马勒的作品。是二十年前的往事了。

村上　当年演奏马勒的指挥家中，以伯恩斯坦、索尔蒂、库贝利克几位最受好评。小泽先生率领的波士顿交响乐团，也因为与上述几位不同的乐风获得不俗的评价。

小泽　我们算是最早演奏马勒乐曲的管弦乐团呢。（开始吃水果）嗯，真好吃。是芒果吗？

村上　这是木瓜。

小泽征尔和斋藤纪念管弦乐团演奏的《巨人》

村上　现在，来听听小泽先生您指挥的马勒《第一交响曲》第三乐章。这是斋藤纪念管弦乐团在松本音乐节演出的DVD。

气氛凝重得难以言喻的葬礼进行曲（虽然凝重，但并不沉重）一结束，犹太民谣风味的旋律接踵而至。

村上 我一直认为这是破天荒的转换方式，很不寻常。

小泽 的确。葬礼进行曲才刚结束，接踵而至的竟然是犹太风格的旋律。这种组合方式的确出人意料。

村上 这部分如果让犹太裔的指挥家指挥，引导方式就会很有犹太风格。但若是由小泽先生您指挥，就不带这种民族风味。不知该说是更利落潇洒，还是更具普及性……忽然间听到这种音乐，想必当时的维也纳人要大吃一惊吧。

小泽 当然。此外从技术层面来说，以这段犹太风味的旋律为例，用的是一种叫作弓背敲奏的小提琴技法——不是用马尾制的琴弓那一面，是用另一面木质的弓杆，即用弓背击弦，而不是拉。这样能使琴声变得比较粗犷。

村上 这种技法在马勒作品之前有没有人用过？

小泽 似乎很少，至少贝多芬、勃拉姆斯、布鲁克纳等作曲家的交响曲完全不用。但巴托克或肖斯塔科维奇的或许用过。

村上 听马勒的乐曲时，的确会碰上不少让人纳闷究竟是怎么奏出来的声音。但只要仔细听现代的音乐，尤其是电影配乐一类，随时都能听到这种声音。例如约翰·威廉斯的《星球大战》主题曲。

小泽 我认为他们的确受到马勒的影响。尤其是这个乐章，满是这类五花八门的要素。能把曲子写成这样，的确叫人佩服得五体投地。想必光是这点，就让当时的听众惊讶不已。

再次演奏到葬礼进行曲。接着柔美抒情的旋律开始进入。与收录在《旅行者之歌》中的歌曲为同一旋律。

村上 到这个段落，气氛又有了一百八十度的大转变。

小泽 是的。这段是所谓的田园牧歌，听上去有如天籁。

村上 但这转变非常唐突，毫无脉络可循，听不出这种旋律在此时出现的必然性。

小泽 完全没有脉络可言。您听这段竖琴演奏，仿佛在弹奏吉他似的。

村上 噢？

小泽 要演奏这一段，每位演奏者都得把之前的演奏抛诸脑后，心情一百八十度转换，完全沉浸在旋律中。

村上 也就是说，演奏者不该思考意义或必然性，只要全力依照乐谱演奏就成了？

小泽 嗯……对了，或许可以换个角度看待这种转变。起初是非常凝重的葬礼进行曲；接着是粗犷的民谣；然后又换成牧歌般的旋律，也就是美丽的田园音乐；接下来又来个戏剧化的转变，转回凝重的葬礼进行曲。

村上 意思是只要照这个顺序听下去就对了？

小泽 嗯。或许只要无条件地接受这个转变就好。

村上 不用故事的逻辑分析音乐，而是从整体欣赏这首乐曲，不进行逻辑上的思考？

小泽 （沉思半晌）噢，与您聊着聊着，我这才发现自己从来没逻辑性地思考音乐。钻研音乐时，我总是心无旁骛地研读乐谱，只思考音乐本身，不太思考其他问题。我唯一能依赖的，就是自己和音乐仅有的联系。

村上　意思是，您不在乐曲中或每个段落中寻找意义，而是无条件地接受乐曲的一切？

小泽　是的。或许正因为我总是毫不质疑地一头钻进乐曲中，才不擅长向人解释音乐。

村上　不知这称不称得上特殊能力——有些人能像摄影似的将某种复杂的整体或概念完整地呈现出来。或许小泽先生您在音乐方面也具有这种能力，所以不只是理论性地解释一切。

小泽　不不，我完全不是这样。只是专注地读着乐谱，音乐就会自然而然融入心中。

村上　这是否需要长时间集中精力？

小泽　是的。斋藤老师教过我们，必须秉持自己正在创作这首曲子的心态，专注地钻研乐谱。比如，有一次山本直纯老师叫我去他家，我刚到，他就递给我一份空白的五线谱，要我把上次练习过的贝多芬《第二交响曲》的乐谱从头到尾填上去。

村上　要您填上整首曲子的乐谱？

小泽　对，整首曲子的乐谱。他要考我在一小时内能填上多少。虽说我们知道哪天或许会碰上这种考试，平时就研读乐谱做好准备，但还真是不容易。有时写不了二十小节就出局了。而且还会将圆号和小号的部分搞混，中提琴和第二小提琴的部分也很难写对。

村上　只要毫无条件地接受乐曲的整体，不论是浅显流畅如莫扎特，还是错综复杂如马勒，要熟记都不会有太大差别吧？

小泽　可以这么说。当然，熟记不是最终的目的，理解才是。

完全理解之后，自己能感到莫大的满足。对指挥家而言，记忆力远不及理解力重要，毕竟只要看着乐谱指挥就好。

村上 对指挥家而言，记谱只不过是结果，并不是那么重要？

小泽 对。并没有记得了谱的就厉害，记不了谱的就差劲这种区别。但记下乐谱的好处是演奏时有余力与演奏者进行眼神交流。尤其在演奏歌剧时，指挥家边看着歌手边指挥，双方便能用眼神确认和沟通。

村上 原来如此。

小泽 像卡拉扬老师分明暗自将谱背熟了，指挥时却从头到尾闭着双眼。他最后一次指挥《玫瑰骑士》时，我就近观察过，发现他从头到尾眼睛都没睁开。最后不是有一段三名女歌手一同歌唱的段落吗？歌手们高歌时，竟然都目不转睛地望着老师。即便如此，老师还是没有睁开眼睛。

村上 闭着眼睛进行眼神交流吗？

小泽 这我也猜不透。不过歌手们的视线从未离开过老师。三位女士仿佛被绳子绑在一块儿似的，一同望着老师。那还真是奇妙的光景。

演奏从牧歌再次转回葬礼进行曲。

小泽 您听，这个段落的转变方式同样难以理解。先是大锣进来，然后三支长笛静静吹奏，接着又回到最初那悲怆单纯的葬礼进行曲的旋律。

村上 大调与小调迅速切换。

小泽 是的。也请注意这微弱的单簧管演奏。这段音乐本身很单纯，但只要用点手法，单纯的组合也能变得截然不同。像这样："哒——啦啦、滴……"（奇妙的音色仿佛森林深处的鸟儿在唱出预言，赋予旋律难以言喻的妖媚气氛。）这种演奏方式此前也是难以想象的。但乐谱上的确标记着该这样吹奏。

村上 标记得可真详细。

小泽 没错。他把管弦乐团和各种乐器的性质都摸得一清二楚。以有别于理查德·施特劳斯的方式，将管弦乐团的能力提升到了极限。

村上 简单地说，两人的配器法有哪里不同？

小泽 最大的不同，就是马勒的配器法……该怎么说呢，比较直觉。

村上 直觉？

小泽 就是凭直觉操控乐团。施特劳斯是将一切细节都写在乐谱上，有点告诉演奏者"什么也不用想，只要照着乐谱就能顺利演奏"的味道。实际照着乐谱演奏，果然是一切平顺。马勒就不是这样，而是更凭直觉。施特劳斯有一首叫《变形》的弦乐曲，是仅用弦乐器构成的作品，简直是将乐曲的精致程度推到极限，极力在既有的形式框架中追求完美。而马勒的逻辑完全不是这样。

村上 相比之下，施特劳斯的配器法技巧性的部分较多。的确，像《查拉图斯特拉如是说》这类曲子，带给听众的是一种有如鉴赏挂在墙上的宏伟巨画的感觉。

小泽 是吧？但马勒是让乐声自然地逼近听众。说得粗率些，就是尽量使用“乐器的基本音色”。有时甚至用挑衅的手法激出每种乐器各自的个性或特性。相比之下，施特劳斯则是将乐声融合。或许这样简单的判断方式并不妥当。

村上 关于配器法上的技巧性，马勒和施特劳斯一样，本身是优秀的指挥家，这一点是不是有很大的影响？

小泽 当然有很大的影响。正因如此，他也向乐团提出了许多要求。

村上 马勒《第一交响曲》的末乐章里，七位圆号演奏者都站了起来。这也是依照乐谱中的标记？

小泽 是的。乐谱上写着，全体持乐器起身。

村上 这么做能让乐声产生什么效果？

小泽 嗯，（思考了半晌）乐器位置变高，音色或许会有些改变吧。

村上 我还以为只是展示性的演出呢。

小泽 或许的确有展示的用意。但有时将乐器举高，不是能使音色听起来更清晰？

村上 光是那动作就很有魄力。因此我才认为，就算只是表演也无伤大雅。不久前我刚在音乐会上听到捷杰耶夫指挥伦敦交响乐团演奏这首《第一交响曲》，当时圆号演奏者共有十位，大家都整齐划一地站了起来，看起来实在是魄力十足。请问小泽先生您是否曾在马勒的音乐中感觉到这种表演性质，或者该说是世俗性的装饰？

小泽 嗯，或许真有。（笑）

村上 倒是《第二交响曲》的末乐章里，演奏者也拿着圆号站了起来。请问乐谱上有这样的标记吗？

小泽 我想想，噢，有。就是将喇叭口朝上那一段落。

极其详尽的乐谱标记

村上 看来这类标记写得果然详尽。

小泽 非常详尽，所有细节都写在上面。

村上 就连弓法之类的都有明确标记？

小泽 是的。就是这么详细。

村上 那么在演奏马勒的乐曲时，就不会无所适从了？不用再绞尽脑汁思考这一段该如何弹奏之类的？

小泽 嗯，演奏者难解的部分的确很少。相比之下，布鲁克纳或贝多芬的乐曲，这种地方要多得多。而马勒的作品连每种乐器该如何演奏都标记得清清楚楚。例如这里。（指着一本大开本的旧乐谱）我们叫这种记号松叶（＜ ＞，即渐强、渐弱），分别代表音量增强和减弱。这种记号非常多。这个记号就代表应该演奏成“哒——啦啦，哒哩哒啦，啦——啦”。（抑扬顿挫地唱着）

村上 哦哦。

小泽 贝多芬就不会写得这么详细，顶多只写上“富有表情的”。这里不是有个棒状的记号？这不是代表普通的圆滑奏，而是指示应该演奏成“哒——哩，啦哩啦哩，啦啊啊啊——啪”。（表情丰富地唱道）其实，标记如此详尽，代表身为演奏者的我们选择更少。

村上 有没有让人无法接受，不能理解为何要这样演奏的标记？

小泽 有。尤其是管乐演奏者，应该会觉得许多标记完全看不出道理。

村上 但既然乐谱上都这么写了，演奏者就非得照本宣科不可？

小泽 大家都是抱着不得不照本宣科的心态演奏。

村上 这种地方在技巧上大都有难度？

小泽 许多地方的确有难度，甚至有不可能做到的。似乎对演奏者而言，有些地方根本没法演奏出来。

村上 不论能否演奏出来，既然谱上的标记都这么详细了，也没有选择的余地。但马勒乐曲的演奏，又会因指挥家不同而有所不同。请问造成这种不同的重要因素是什么？

小泽 （思索好一阵子）嗯……这是个有趣的问题。说有趣，是因为我至今都没这么想过。就像我刚才说的，与布鲁克纳或贝多芬的作品相比，马勒的乐曲信息量要大得多。乍看之下，选择的余地理应较小才是，但实际上不是这样。

村上 这个我很理解。不同的指挥家有不同的风格，演奏起来音色也会不同，我听得出来。

小泽 您这么一问，我得思考很久才能回答。噢，对了，如果信息量大，每位指挥家就得烦恼该如何组合与处理这些信息，也得思考该如何将这些信息均衡地组织起来。

村上 是否指在各种乐器一起演奏时，需要同时对各个乐器做出详尽指示的时候？

小泽 对对。这种时候需要以哪种乐器为先……也不该这么说，每种乐器当然都得尽量演奏好。尤其是演奏马勒的乐曲时，每种乐器都得尽量演奏得完美。但在现场开始演奏，发现无法调度得面面俱到，就得理出个先后顺序了。因此，马勒的作品不仅信息量比任何作曲家的作品都庞大，音色上也更容易随指挥家的变化而变化。

村上 还真是矛盾。有意识地置入大量的信息，却又隐藏了更多的选择。因此，小泽先生并不把这些信息视为限制？

小泽 是的。

村上 您反而认为比较好？

小泽 可以这么说。那样反而解释得更清楚。

村上 即使有诸多限制，也感觉自己是自由的？

小泽 应该就是这种感觉。身为指挥家，我们担负着将乐谱上的音符转化成实际的声音的职责，因此碰上限制也必须遵守。即使想自由发挥，先决条件还是必须遵循这些规矩。

村上 就先决条件而言，不论是像贝多芬那种并未设下多少限制的乐曲，还是像马勒这种限制繁多的乐曲，演奏者的自由度都是一样的？

小泽 正是。只不过施特劳斯提供的信息大多具有整合性，清楚地指示出特定的方向。马勒就不是了。不仅很多时候是非整合性的，有时还互相冲突，甚至很固执己见。同样是限制，性质上也很不一样。

村上 原来如此。但即使设下许多限制，马勒也没有写下节拍器的节拍，是吧？

小泽　对，没写。

村上　这是什么缘故？

小泽　有许多种说法。一说是他认为既然已经做了如此详尽的指示，演奏者理应为他定出节拍。也有一说是他认为速度应该由指挥家决定。

村上　但即使如此，马勒交响曲中的节拍却不会因指挥家不同有太大差异。

小泽　嗯，或许是。

村上　我想不起有哪些快得极端或慢得极端的演奏。

小泽　不过，最近这五六年里，这类演奏也开始出现。我在维也纳时，有段时间患了带状疱疹，无法执棒，因此听了些其他人的演奏。这类演奏就是在那段时期开始出现的。或许是为了标新立异，总之，有些人开始用与录过唱片的指挥家，例如伯恩斯坦、阿巴多以及我不同的节拍演奏马勒的乐曲。

村上　既然没有指定节拍，指挥家不就有决定的自由？

小泽　没错。

村上　马勒本身是个作曲家，相当于指示者；同时也是个指挥家，相当于诠释者。对他而言，身兼数职或许是相互矛盾的。就这么解释吧，第三乐章开头出现的葬礼进行曲，有些人投入感情地听会觉得偏沉重，有些人会认为太学究气，缺乏新意，有些人可能会觉得带有讽刺意味。而您的指挥让人感觉是中性的，纯粹从音乐角度进行细致的处理。至于接下来的犹太风格的旋律，刚才也提到了，犹太裔演奏者大多会自然而然地将其演奏成传统的犹太风格，但有些人是不着痕迹地轻巧带过。其实该采取哪种倾向，马勒还是将这个选择权留在了演奏者手上。是吧？

小泽　犹太音乐那段是直接套用犹太民谣的旋律，因此有些人选择尽力凸显犹太风格，有些人只是视作长篇乐章中的一小段落，以宏观的视角低调处理。后者只在一开始扎实地演奏出这个主题的韵味，之后不再多着墨，自然地进行到下一主题。关于这方面的选择，乐谱上并没有任何标记。

村上　葬礼进行曲那段，乐谱上可明确写有“凝重，但不要过于缓慢”？

小泽　（看着乐谱）嗯，有，的确是这么写的。

村上　仔细想想，这还真是个高难度的指示。

小泽　的确是高难度。（笑）

村上　一开始有段低音提琴的独奏，这方面的音色指示等是不是由指挥家下的？例如要求演奏者不要拉得太沉重，稍微轻快点之类的。

小泽　可以这么说。但这方面还是取决于低音提琴演奏者的音色或韵味，并非一切都能让指挥家置喙。仔细想想，以这么长的低音提琴独奏为一个乐章起头，根本是前所未闻。低音提琴独奏本来就够特殊了，这个乐章竟然还用它起头。看来马勒的确是个怪人。

村上　我个人挺喜欢这个段落。不过这独奏的拉法，在某种程度上将决定整个乐章的气氛，想必演奏起来不容易，而且还得独自拉这么久。

小泽　的确不容易。因此不仅在排练时，在台下我也私下向演奏者交代，那段落能不能拉得更柔和些、强度能不能更大些，或者能不能更含蓄些之类的。

村上　不过对低音提琴演奏者而言，这段独奏很可能是一生一次的重要演奏，想必会很紧张吧？

小泽　相当紧张。因此每个管弦乐团在招聘低音提琴演奏者时，都会要求应试者拉这首曲子。能不能进乐团，就是以这首曲子来定。

村上　原来如此。

小泽　听到后方咚、咚、咚、咚的定音鼓声了吗？

村上　用单调的节拍敲了四下。

小泽　没错。re、la、re、la，这就是乐曲的"心跳声"。它能清楚地设定音乐的框架。定音鼓不会等，如同心脏的跳动不会停，因此低音提琴必须设法跟上鼓声的节拍。换气、歇息，都得在这框架内巧妙地进行。您瞧，这里是不是有个逗号？

村上　对。请问这代表什么？

小泽　这记号代表拉完"li-la li la、la"（哼起低音提琴演奏的旋律）之后，在这里喘口气。您瞧，一切都写得清清楚楚。当然，低音提琴不是管乐器，不需要歇口气，但按照标记还是得在这里像歇口气般暂停演奏，不要毫无间断地演奏下去。马勒就是下指示时细心到这种程度的人。

村上　真了不起。

小泽　接下来进场的双簧管的"li ya ta ta ri lan、lan"（跳跃般地唱着）这段乐句才能凸显出来。此外，像竖琴这种较难凸显的乐器，也用这种方式强调。竖琴的琴声很难听见吧？并不是大音量的乐器。包括刚才提到的这个音在内，全得断音演奏。

村上　果真细心。要写出这么细致的乐谱，想必不容易吧。

小泽　所以演奏起来，大家都战战兢兢的。

村上　想必很紧张。必须非常专注，一点也不能分神。

小泽　没错，非常紧张。好比这段，不是用“to ri la-ya-tata-n”这种平常的方式演奏，而是得演奏成“to ri-la ya ta tan”。指示下得这样明确，完全由不得人分心。

村上　这儿这个“mit parodie”，就是用嘲弄的味道演奏之意？

小泽　没错。

村上　这也是个高难度的指示。

小泽　需要带点讽刺精神。

村上　但过头的话，可就变庸俗了。

小泽　没错。在这种地方，下手的轻重能造成很大差异。最有趣的就是这一点。

村上　马勒的乐曲标记得如此详尽，但您是否也遇到过演奏者照乐谱吹奏的声音与您设想的有出入的情况？

小泽　当然有。如果自己研读乐谱、在脑海中勾勒的声音，与演奏者奏出来的不同，我会努力让两者一致。不是开口说，就是用手势提出要求。

村上　有没有碰到这样做了，还是无法妥善沟通的人？

小泽　噢，有，当然碰到过。判断是要妥协，还是坚持磨合到自己满意为止，还有效果达到什么程度可以妥协，就是指挥家在排练时的职责了。

何谓马勒乐曲的“世界公民性”？

村上 从《第一交响曲》第三乐章便能听出，马勒的乐曲其实涵括诸多要素，而且几乎是平等地，有时毫无脉络有时又对立地拼凑在一起。从德国传统音乐、犹太音乐、世纪末的空前繁荣、波西米亚民谣、讽喻、诙谐的亚文化、严肃的哲学探讨、基督教的教义到东方的世界观，涵括的内容十分庞杂，其中任何一个要素都无法独立抽出，视为重心。看来似乎是怎么做都成……这么说或许有点草率，但是不是有种连非欧裔的指挥家也能找到属于自己的切入点的空间？就这点而言，马勒的音乐似乎具有一种普世价值，带有一种世界公民的性格。请问这看法有没有道理？

小泽 这……这就是他作品的复杂之处。但我个人认为的确有这种余地。

村上 上回曾与您谈到，柏辽兹的音乐有可供日本指挥家切入的空间，因为他的音乐本身就是疯狂的。马勒是否也符合这一点？

小泽 柏辽兹和马勒的不同点，在于柏辽兹不会如此巨细靡遗地下指示。

村上 嗯。

小泽 因此对身为指挥家的我们来说，柏辽兹的音乐是非常自由的。相比之下，马勒允许的自由要少得多，但在最后那微妙的一点上，我认为的确如您所言，有世界性的空间。日本人或说所有东方人拥有自己特有的哀愁，与犹太人或欧洲人的哀愁不太一样。从深处精确地掌握和理解这种心理因素，以此为基点准确选择，应该能开拓出一条自己的路。也就是说，东方人也能用自己的方式诠释西方人写的乐曲。我认为这种尝试是有价值的。

村上　不是从日式的感性的表面，而是必须潜入深处，在深度的理解下诠释？

小泽　是的。倘若演奏本身是优秀的，我认为用日本人的感性演奏西方乐曲，是有它的存在价值的。

村上　不久前我听过内田光子小姐演奏的贝多芬《第三钢琴协奏曲》。仔细一听，发现她那空灵的琴声和断音的处理方式可以说很有日本风格。给人的感觉不是刻意的，而是自然而然呈现出对音乐的追求。从这一点来说，并不是表面性的。

小泽　或许如此。东方人演奏西方乐曲，也许的确有某种独特的风味。我希望坚持追寻这种可能性。

村上　马勒背离德国音乐的正统性，一半是出于有意，一半是无意，是这样吗？

小泽　是的。正因如此，我们才有切入的余地。斋藤先生告诉过我们：你们现在就像一张白纸，如果到其他国家，应该能好好吸收当地的传统。但虽说是传统，也有好传统、坏传统，德国是这样，法国是这样，意大利也是这样，甚至美国近年也开始有了传统的好坏之分。大家要分清好坏，到了其他国家，只吸收好的传统。如果能做到这一点，即使是个日本人，是个亚洲人，也能受到尊重。

村上 我个人的观感是，长期以来，卡拉扬对马勒的繁复性、杂乱性和分裂性等似乎有种生理上的排斥？

小泽 哦？有道理，或许可以这么说。

村上 刚才聊到卡拉扬指挥的《第九交响曲》，演奏上的确无可挑剔，音色仿佛水珠滴落般优美。但仔细一听，会发现那并不是真正的马勒精神，而是以演奏勋伯格或贝尔格等新维也纳乐派早期作品的音色演奏马勒。在我听来，卡拉扬似乎是将马勒拉到自己擅长的领域来演奏。

小泽 一点也没错，尤其是末乐章更给人这种感觉。从排练时起，他就要求乐团照自己平时的方式演奏，奏出来的也是自己平时的风格。

村上 与其说是演奏马勒，不如说是将马勒视为一种指挥自己音乐的容器。

小泽 因此，我记得马勒的交响曲中，卡拉扬老师只演奏过第四、第五和第九交响曲。

村上 我记得他也指挥过《第六交响曲》，还有《大地之歌》。

小泽 是吗？他也指挥过第六？那么没指挥过的，是第一、第二、第三、第七和第八？

村上 也就是说，他只选择适合自己风格的容器（作品）指挥。马勒乐曲中真正的马勒精神，也就是那深层的部分，卡拉扬似乎无法完全接受。换句话说，那与德国音乐的正统潮流并不相容。或许伯姆也同样不擅长。尤其在德国，从一九三三年纳粹掌权到一九四五年战争结束这十二年漫长岁月里，马勒的音乐可以说是被完全抹杀了，这段空白或许也造成了不小的障碍。这是用“坏传统”都无法形容的破坏。

小泽 嗯。

村上 到头来，现代的马勒作品复兴并不是发生在欧洲，美国反而成了这股风潮的原动力。从这点看来，马勒虽出生于欧洲，但他这类人的音乐似乎有某些地方对欧洲以外的演奏家更有利，至少他们没有这种障碍。

小泽 不，不该说马勒这类人的音乐，而是马勒这个人的音乐。在这方面，马勒是个很特殊的例子。

村上 说到特殊，每次听马勒我都感觉潜意识对他的音乐有很大的意义，或者说带点弗洛伊德的味道。巴赫、贝多芬或勃拉姆斯的音乐，则是德国唯心主义哲学式的，或者说是显而易见的意识整合较为重要。相比之下，马勒的音乐似乎是尚未发掘的，或者说是潜藏于地下世界的黑暗中的意识。其中，矛盾的、对立的、无法融合的、无法分类的动机，像梦境般毫无分隔地汇聚一堂。虽不知这是出于刻意还是无意，至少是相当直率坦白的。

小泽 记得马勒与弗洛伊德好像是同一时代的人。

村上 是的。两人都是犹太人，出生地应该也相距不远。不过弗洛伊德年长些。马勒在夫人阿尔玛有外遇时，曾向弗洛伊德求诊。据说弗洛伊德非常崇敬马勒。我觉得就算有些地方让人难以亲近，但这种对潜意识的坦率追求，或许就是马勒的音乐如今被视为优秀的全球性音乐的原因之一。

小泽 这样看来，马勒似乎是只身反抗从巴赫到海顿、莫扎特、贝多芬、勃拉姆斯的德国音乐发展潮流。但这是十二音序列音乐出现之前的事。

村上 仔细想想，一如巴赫的平均律是理论性的音乐，十二音序列音乐也是很理论性的音乐。

小泽 一点也没错。

村上 十二音序列音乐虽然几乎已绝迹，但似乎以各种方式解构，被后世的音乐吸收了。

小泽 的确如此。

村上 是否可以说，这与马勒的音乐带给后世的影响不同？

小泽 可以这么说。

村上 从这点来说，马勒还真是独一无二的天才。

小泽征尔与波士顿交响乐团演奏的《巨人》

村上 接下来，再来听听小泽先生您指挥、波士顿交响乐团演奏的《第一交响曲》第三乐章的CD。录音时间是一九八七年。

低音提琴的独奏结束后，双簧管开始独奏葬礼进行曲。

小泽 真叫人惊讶，这双簧管的音色和刚才斋藤纪念管弦乐团的截然不同。

村上 嗯。波士顿的演奏者并不会用所谓的“宫本节”吹奏。（笑）这版本的音色要柔和许多。

不仅是双簧管独奏，乐团整体的音色也比斋藤纪念管弦乐团演奏的要柔和得多。

小泽 这部分也演奏得很柔和。

村上 音色非常匀整，音质也很不俗。

小泽 不过，情绪似乎可以再加重一些。

村上 是吗？个人倒认为演奏的情绪已经够丰富了，听来有如天籁。

小泽 但是并不够刁钻，也没有将乡间风情或者说田园气氛演奏出来。

村上 您认为太工整了？

小泽 在演奏上，波士顿交响乐团或许有过于追求优美的倾向。

村上 如果从您稍早提到的“将细节雕琢清楚”来说，斋藤纪念管弦乐团的音色或许和您刚才提到的概念比较吻合。

小泽 是的。斋藤纪念管弦乐团的每位演奏者在演奏时都有这个意识。波士顿交响乐团的演奏者们，在演奏上则倾向于考虑乐团整体。

村上 从他们的音色就能清楚地听出来，他们的演出的确是高水平的团队合作。

小泽 没有一个人会演奏出与乐团整体不协调的声音。但就马勒的乐曲而言，这并不一定是正确的。最困难的就是这方面的取舍。

村上 不知这么说是否妥当，但我觉得正是出于这个原因，阿巴多执掌的琉森音乐节管弦乐团或马勒室内管弦乐团这些不定期演出的乐团演奏的马勒乐曲，听来似乎更刺激、更有趣。

小泽 那是因为这类乐团在演奏上可以大胆些，理由是每位团员都有空间独自发挥。斋藤纪念管弦乐团的团员们聚首时，从一开始就个个摩拳擦掌，准备大显身手。

村上 意思是每个人都把这当成自己的个人演出?

小泽 对。这种心态当然有好有坏，但演奏马勒的乐曲却是十分合适。

村上 意思是斋藤纪念管弦乐团的团员，全抱着“好，今年要好好演奏马勒《第九交响曲》”的决心参与演出，有种打算借此一决胜负的感觉?

小泽 是的。大家的目的都很清楚。团员几乎都事先将乐谱背了个滚瓜烂熟。

村上 不像常设管弦乐团，有每周得应付的曲目这类日常差事?

小泽 斋藤纪念管弦乐团没有这种日常差事，因此参与活动时感觉很新鲜。只是相对的，或许缺少一点常设乐团那种全员融为一体、默契到心领神会的团结力。

村上 对乐曲的共识，也就是对音乐的共同意见，是通过雕琢细节建立的?

小泽　是的。很多时候需要实际排练才能达成，与技艺高超的演奏家共事更是如此。优秀的演奏家拥有丰富的“数据库”，看到指挥家的动作，领悟到“噢，原来这家伙想这么演奏”，便能立刻从自己的数据库里掏出所学，就像是同意“好，就这么演奏吧”。当然，有些年轻的演奏家或许还办不到。

村上　有没有哪些乐团适合演奏马勒的音乐，又有哪些乐团不适合？

小泽　噢，我觉得有，也认为世上的确有些乐团，因为技艺上的限制无法好好演奏。我指的是全体团员都无法达到该有的水平。反之，不论是演奏马勒、斯特拉文斯基还是贝多芬都能达到足够水平的乐团，如今也有越来越多的趋势。记得从前不是这样。伯恩斯坦在六十年代演奏马勒时，许多人会惊呼：“什么？要演奏马勒？这太麻烦了吧？”当时的确有这股风潮。

村上　这股风潮是在质疑技术层面？

小泽　是的。从弦乐器的演奏来说，马勒的要求在当年算是技术上的极限。可见他的确是位高瞻远瞩的作曲家。当时管弦乐团的水平应该还没那么高，他却写得出这种音乐。这代表他向乐团提出了挑战，仿佛在问他们：“瞧，这音乐你们演奏得来吗？”大家一听，只好拼了老命试着演奏。但如今专业的乐团都认为“马勒的话，我们应该演奏得来”。

村上　这代表和二十世纪六十年代相比，现今的演奏技术有了不小的进步。

小泽　没错。这五十年间，管弦乐团有了长足的进步。

村上　除了乐器的演奏技术，读谱的细致程度是不是也有了进步？

小泽　我觉得有。比较一下我自己六十年代开始研读马勒乐谱之前与之后，能看出读谱能力的确有了变化。

村上　对您而言，研读马勒的乐谱有特别的意义。

小泽　是的。

马勒乐曲的前卫性

村上　试问先读理查德·施特劳斯的乐谱，再读马勒的乐谱，会发现什么地方最不一样？

小泽　这么形容或许过于简单，不过，如果从巴赫、贝多芬、瓦格纳、布鲁克纳、勃拉姆斯一路追溯德国音乐的源流，能在其中为理查德·施特劳斯找到一个位置。当然，其中有许多要素是重叠的，但这仍然是可追溯的源流。马勒就不能如此看待了，而是需要一个全新的角度。这就是马勒最重要的成就。勋伯格、贝尔格和他属于同一时期，但他们没做过马勒所做的事。

村上　正如我们刚才谈到的，马勒在与十二音序列音乐完全不同的领域，为音乐开辟出了一片崭新的疆域。

小泽　虽然他使用的素材和贝多芬、布鲁克纳等大师的相同，却创造出了全然迥异的音乐。

村上　在背离传统中仍努力维持调性？

小泽 对。但到头来，他显然还是朝无调性音乐的方向发展。

村上 是不是因为他竭力探索调性的可能性，结果导致调性上的混乱？

小泽 一点也没错。他导入了多重性一类的东西。

村上 连在一个乐章里，也有形形色色的调性掺杂其中。

小泽 对对，而且还一再变换调性，有些地方甚至同时使用两种调性。

村上 虽然没有排除调性，却从中彻底搅乱和撼动了调性，导致马勒朝无调性的方向发展。不过，他的意图想必和十二音序列音乐追求的无调性截然不同吧？

小泽 我认为不同。因为与其说马勒是无调性，不如说是多调性更贴切。多调性是到达无调性前的一步。而且他同时掺入多种调性，或在演奏的过程中一再变换调性。总而言之，他追求的无调性，与勋伯格和贝尔格提出的无调性或十二音序列音乐的无调性是不同的。日后的查尔斯·艾夫斯，也对多调性音乐进行过更深入的钻研。

村上 马勒对自己创作的前卫性是否有所察觉？

小泽 我认为没有。

村上 勋伯格或贝尔格倒是有这意图？

小泽 非常强烈，还提出了具体方法。马勒没有。

村上 意思是他不是以方法论，而是听从自然的本能创造出这种混沌的？

小泽 这正是他的才华吧？

村上 爵士乐里也有这种现象。约翰·科尔特兰的音乐在六十年代非常接近自由爵士，但基本还是停留在一种叫调式的缓慢调性中进行钻研。他的音乐如今依然广为流传，但自由爵士几乎仅剩下史料价值。这和我们谈的或许有点像。

小泽　噢，原来爵士乐也有这种例子。

村上　不过仔细想想，后来似乎没有人继承马勒的衣钵？

小泽　似乎没有。

村上　在他之后的交响乐作曲家，有代表性的是肖斯塔科维奇、普罗科菲耶夫等苏联和俄罗斯的作曲家，并不是以德国人为中心。但肖斯塔科维奇的交响曲，不知怎的有那么点马勒的味道。

小泽　我也有同感。不过肖斯塔科维奇的作品还是相当工整的。在他的乐曲中，感受不到马勒那种疯狂。

村上　或许是基于政治上的理由，他无法坦率地展露那种疯狂？但不管怎么看，都感觉马勒压根儿不正常，硬要进行分类的话，应该算是分裂症型的。

小泽　的确。埃贡·席勒的画也是这样。看他的画，能让人信服他们俩果真是同一时代的人。在维也纳住了一阵子，我感觉似乎也能体悟这种气氛。旅居维也纳的那段时期是很有趣的经历。

村上　马勒的传记中提到，他说过维也纳歌剧院音乐总监是音乐界最顶尖的头衔。为了获得这个职位，他不惜舍弃犹太教信仰，改信基督。看来这个地位似乎有如此牺牲的价值。想想看，小泽先生您不久前还顶着这个耀眼的头衔呢。

小泽　哦，是吗？马勒这么说过？他当了几年歌剧院音乐总监？

村上　记得是十一年。

小泽 当了这么久，他却没创作过多少歌剧。究竟是什么缘故？他都写下了那么多乐曲，何况又对文字很敏感。

村上 说来这的确是个遗憾。不过他这种个性，挑选剧本或许很难。

波士顿交响乐团的演奏仍在持续。

村上 仔细听来，我发现波士顿交响乐团的演奏质量果真堪称完美。

小泽 毕竟是以世界第一为目标、不懈地雕琢技艺的乐团，质量高是理所当然。波士顿、克利夫兰……这几个交响乐团技术都十分高超。

弦乐声部华丽地奏起牧歌的旋律。

村上 斋藤纪念管弦乐团奏不出这种音色？

小泽 嗯，或许。

村上 会演奏成不同的音色？

小泽 这种不同取决于听众的需求。要看大家想听优美协调的沉稳风格，还是带点刺激冒险的气氛……这种差异在诠释马勒的乐曲时很容易出现，这个乐章尤其明显。

小泽先生专注地读了一阵乐谱。

小泽 噢，原来这首曲子首次公演是在布达佩斯呀。

村上 当时的评价似乎非常糟。

小泽 我猜应该是演奏的质量不够好导致的。

村上 或许乐团也不清楚该如何演奏。

小泽 斯特拉文斯基《春之祭》当年在巴黎首次公演也很惨淡。当然，或许部分是曲子的问题，但主要原因很可能是乐团准备得过于仓促。毕竟那首曲子里有太多考验技艺的地方。当年我应该当面请教一下皮埃尔·蒙特这件事情……我和他曾算是至交呢。

村上 您说了我才想起，《春之祭》首演的指挥就是蒙特。

继续播放马勒的乐曲。弦乐与管乐正在交锋，宛如许多个梦境，拖曳着奇异幻影的尾巴，交缠成一片混沌。

小泽 这段演奏，听来真是有点疯狂。

村上 的确有股狂野的气息。

小泽 但由波士顿交响乐团来演奏，就会像这样流畅巧妙地统合起来。

村上 这能不能比喻成管弦乐团的DNA之类的？一出现混乱或裂缝，就立刻不着痕迹地调节得干净平稳。

小泽 团员们会听着彼此演奏的音色，自然地调整。这当然算得上优点，不过……

村上 我想，能在马勒乐曲中潜藏的分裂和活在这个时代的我们心中的分裂之间找出多少相似点，是演奏家重要的课题。但倘若您现在和波士顿交响乐团演奏这首曲子，音色应该会变得很不一样吧？

小泽 嗯，当然。毕竟我自己也有了改变……

波士顿交响乐团演奏的第三乐章结束。

村上 这演奏似乎有种乘坐司机驾驶的豪华梅赛德斯－奔驰四处周游的感觉。

小泽 哈哈哈哈哈。

村上 相比之下，斋藤纪念管弦乐团的演奏则像乘坐着一辆运行流畅、操控灵活的跑车。

小泽 这样听来，波士顿交响乐团的演奏的确比较平稳。

至今仍在蜕变的小泽征尔

小泽 与您这么聊着聊着，我发现自己也有了不少改变。不久前我不是刚和斋藤纪念管弦乐团前往纽约，在卡耐基音乐厅演奏了勃拉姆斯《第一交响曲》、柏辽兹《幻想交响曲》和布里顿《战争安魂曲》吗？那次的演出也让我经历了巨大的蜕变。

村上 至今仍在蜕变？

小泽 到我这把年纪，还是会改变，而且是通过实际经验改变的。这或许是指挥家这种职业的特征，也就是在演奏现场经历变化。我们这份工作，得让乐团把乐曲演奏出来才能算数。先由我研读乐谱，在脑海中勾勒出乐曲的面貌，再和乐团的演奏者们一同演奏出乐声。当中会碰上许多问题，有现实中人与人之间的关系，也有该以乐曲哪部分为重心的乐理判断。有时需要以长乐句为单位进行宏观审视，反之，有时也需要专注于短乐句，进行微观审视，还必须判断该以其中哪一项为重点。经历过这么多，我们也会有所改变。我患病住院，远离指挥工作好一段时间。这回又去纽约一口气指挥了一整场音乐会。回到日本后恰逢新年，有了空闲，便反复聆听音乐会的录音，学到了很多。

村上　学到些什么？

小泽　嗯，我这辈子还是第一次这样热忱地聆听自己指挥的音乐会的录音。

村上　这辈子第一次？通常不会热忱地聆听自己演奏的录音？

小泽　不会。因为上一场演奏压成唱片时，我们通常开始忙着为接下来的曲目作准备了。当然，拿到唱片，我们怎么都会听听，但很多时候碍于当晚还得演奏其他曲子，没空仔细听。这回没有着急的工作，先前的演奏依然余韵在耳，这时听录音重放，确实有不少体悟。

村上　具体来说，是什么样的体悟？

小泽　仿佛在端详自己镜中的倒影，形形色色的细节又重现眼前。大概是因为当时的演奏还清晰地留在耳中，或者说体内吧。

村上　开始忙着演奏其他乐曲时，心思都跑到了这些乐曲上，很难专注地聆听已经演奏过的音乐？

小泽 对。通常我们得接连不断地演奏不同的曲子，可能还得和不同的乐团合作，有时甚至得参与长时间的歌剧排练，只能利用工作中的空当听录音重放。但这回却有充足的时间，再加上余韵在耳，对音乐的观感当然不一样了。

村上 听了录音重放，会不会有“这段能那么演奏就好了”之类的反省？

小泽 反省当然是有的。反之，也有类似“这段演奏得挺顺利”、“大家在这儿挺有默契的”之类的庆幸。

村上 您认为上回的演奏中，最好的是哪部分？

小泽 噢，一句话，就是乐声变得更有深度了。听着听着，感觉比之前的演奏更有层次。具体说来就是每个乐器组都将角色诠释得更深入，或是展现了深入发展的可能性。一旦如此，演奏者便会生出挑战更高境界的欲望，演奏也将变得更有深度。毕竟我们的团员都是全球首屈一指的演奏家。

村上 斋藤纪念管弦乐团在卡耐基音乐厅的演出，风格是否和平常的演奏有点不一样？

小泽 嗯，的确有点不一样。由于受到种种限制，无法好好排练。当时我有病在身，还得了重感冒，竟然还能完成水平如此强劲的演出，的确是了不起的成就。演奏的勃拉姆斯和柏辽兹真是无可挑剔，而《战争安魂曲》的乐团、独唱者与合唱团，也是个个干劲十足。

村上 在松本听的《战争安魂曲》，也是令人瞠目结舌的优秀演出。

小泽 比那场更好。松本的合唱团和儿童合唱团也参加了这次演出，着实让人感动。日本的铜管乐团和合唱团都属世界最高水平，这种高水平在这次公演中展露得淋漓尽致。乐团对乐曲有清晰的理解，将高难度的曲子演奏得如此平易近人。重感冒的我其实是头昏脑涨地边咳边指挥，想必给周围的人添了许多麻烦。（笑）不过既然大家那么有干劲，有没有人指挥就不重要了，只要做一下疏导工作，避免有地方不通畅就行。不论是指挥交响乐还是歌剧，都会偶尔碰上这种情况。这种时候不需要打任何人的屁股，只要维持住这股干劲就成了。当时，每个人都知道指挥家病了，身体不舒服，我们得好好加油。这对我来说有如天助。

村上 当时您患了肺炎，竟然还撑了整整八十分钟，真了不起。

小泽 想必还发着高烧。当时吓得连体温也不敢量。（笑）途中还无法继续演奏下去，歇息了片刻。

村上 这首曲子原本是没有中场休息的。

小泽 当时破例休息了一会儿。记得以前也这样休息过，乐谱上分明写着“pause”，但一时想不起是哪首曲子。这似乎是坦格伍德音乐节时的事。由于演奏时间很长，又是在户外进行，或许有人要上个厕所，或许是因为炎炎夏日、酷热难耐，就休息了片刻。

村上 我只听了勃拉姆斯的部分，但感觉卡耐基音乐厅那场录音演奏得很紧凑。

小泽 嗯，或许是因为紧张。但真是一段美好的回忆呀。

村上 聊到这儿，我忽然想起您在漫长的音乐生涯中，似乎从没录过《大地之歌》。

小泽 是的。

村上 想到您都录过三次《第一交响曲》，还真是出乎意料。请问是什么原因？

小泽 哦？我也不太清楚。或许是碰巧没找到两位优秀的歌唱家。那首曲子需要男高音、女低音和次女高音，但有时可以由两名男歌唱家演出。我倒是常在音乐会上和杰西·诺曼一同演出这首曲子。

村上 我常想象如果由东方指挥家指挥这首曲子，或许能诠释得别具风味。

小泽 一点也没错。说到这儿，其实我在指挥《大地之歌》时折断过手指。您瞧，就是这儿。（指向小指）

村上 指挥家会在指挥时折断手指？

小泽 有位加拿大男高音叫本·哈普纳，个头高大。当时他在我右边演唱，杰西·诺曼则在我左边。在两天的排练里，他总是手拿乐谱演唱。但到了正式演出时，他却说希望能把乐谱放在谱架上，好让双手自由活动。做出与排练时不同的改变通常有些危险，再加上他个头高大，得将谱架架得更高，如果掉到观众席里，恐怕要伤到观众。因此，我们为他准备了一座像牧师布道用的那种牢固的讲坛。当时我就有种不好的预感。后来指挥强音使劲挥舞胳膊时，小指撞上讲坛，就这么硬生生地把指头折断了。

村上 想必很疼吧？

小泽　当然疼得要命。我强忍着疼痛继续指挥了三十多分钟，演奏结束时，指头已经肿成这么大，马上就被送到医院接受手术……

村上　看来指挥家这种工作不简单，意想不到的地方也潜藏着危险。

小泽　呵呵。（开怀地笑起来）

村上　总而言之，个人认为您没录过《大地之歌》，实在是一大憾事。真希望听听一直在蜕变的小泽先生现在如何诠释这首曲子。

中场休息四：从芝加哥蓝调到森进一

村上　请问除了古典音乐，您是否也常听其他类型的音乐？

小泽　我喜欢听爵士乐和蓝调。我为了参加拉维尼亚音乐节暂住芝加哥时，每星期有三四天都去欣赏蓝调演出。其实我应该早睡早起，研读乐谱，但实在太想听蓝调，经常溜到酒吧去。原本得排队进场，大概是混成了熟脸，服务人员一看到我就示意我从侧门进去。

村上　芝加哥的蓝调酒吧似乎都在治安不太好的区域？

小泽　的确说不上安全，但我还没碰到过什么吓人的事儿。大概是大家都知道我在拉维尼亚音乐节指挥的缘故吧。我总是自己开车半小时去那儿，听蓝调听个过瘾，再开车回在拉维尼亚租下的住处。嗯，完全没把酒后驾驶当一回事。（笑）我常和彼得·塞尔金一起去芝加哥演出，他说也想去那家酒吧瞧瞧，有时也带他去。但彼得当时还未成年，没法踏进店门。美国对这方面的规定很啰唆，不出示身份证件就进不了场。因此，我在店里欣赏演奏的时候，他只能从头到尾站在窗外，拼命竖起耳朵听。（笑）

村上 真是可怜。

小泽 有好几回都是这样。

村上 那儿的音乐是黑人乐手演奏的芝加哥蓝调吧？听起来很深沉的那种。

小泽 不过在那家酒吧里演奏的科基·西格尔是个白人。其他乐手都是黑人，只有他不是。后来我也和他合作录过音。总之，当年芝加哥的蓝调真是精彩，带有一股浓浓的韵味，也有许多技艺出众的乐手和形形色色的乐团，是十分美好的回忆。

村上 想必听众也几乎都是黑人吧。

小泽 是的。提到芝加哥，有一回甲壳虫乐队到那儿演出，正好有人送我门票，我就去听了。是个很好的位子，我却从头到尾都没听清楚。会场在室内，音乐全让惊人的欢呼声掩盖了。我等于只去瞧了一眼他们长什么模样，就打道回府了。

村上 听起来真没什么意义。

小泽 对，完全没意义。但我还没经历过那么吓人的场面。暖场乐队演出时还听得很过瘾，待甲壳虫乐队一出场，就什么音乐都听不到了。

村上 没去爵士酒吧看看？

小泽 没去过几回。不过，我在纽约爱乐当副指挥时，团里有位黑人小提琴手。当年乐团里除了他都是白人。一听说我喜欢爵士乐，他就带我去了几回哈林区的爵士酒吧。伯恩斯坦的秘书海伦·科茨以我在美国的母亲自居，总是警告我："征尔，别到那种危险的地方去。"但那家酒吧实在很精彩，店里有股浓浓的气味。记得当时我还想：原来是这样。要是没这股气味，恐怕就听不出这种音乐真正好在哪里。

村上 黑人食物的味道从厨房里飘出来。记得东京中城的爵士酒吧里没这股气味。

小泽 后来，我曾邀请书包嘴[①]和艾拉·菲茨杰拉德到拉维尼亚音乐节演出。这是我大力促成的，因为我实在太喜欢书包嘴了。此前在拉维尼亚音乐节演出的全是白人，邀请爵士乐界的乐手演出还是第一次。那场音乐会非常精彩，事后我们兴奋得进后台大闹了一场。书包嘴那股韵味真是难以言喻，大概很接近日本人所谓技艺的“涩味”[②]。当时他一把年纪了，但歌喉和小号吹奏依然无懈可击。

村上 最让您感到震撼的还是蓝调？

小泽 可以这么说。此前，我还不知道蓝调是什么。其实直到在拉维尼亚音乐节演出，我才领到了生平第一笔像样的酬劳，这才有能力吃点像样的东西，上得起像样的餐馆，住得起像样的房子。在这种手头开始宽裕的时候与蓝调邂逅，着实让我感触良多。毕竟在那之前，囊中羞涩的我根本付不起钱欣赏音乐……现在芝加哥还有人演奏蓝调吗？

村上 当然有。详情我不清楚，但猜想蓝调依然很盛行。不过六十年代前半期应该是芝加哥蓝调最盛行的时期吧。毕竟滚石乐队就是在那时候受到蓝调启发的。

---

① Satchmo，美国小号手路易斯·阿姆斯特朗的昵称，源于 stachel（书包）与 mouth（嘴）的结合。原注。

②日本审美意识之一，指简单、高雅而有韵味。

小泽 记得当年的蓝调酒吧都集中在几条街，不错的有三家。演出乐队每两三天就会更换，因此我几乎是毫不间断地去欣赏。

村上 记得我和您曾一同去过两次东京的爵士酒吧。

小泽 对对。

村上 第一次欣赏的是大西顺子的演出，第二次是赛达·沃尔顿。

小泽 嗯。那两次真是好玩。原来日本也有这样的酒吧，真是太好了。

村上 我是大西顺子的乐迷。其实不止她，近年的年轻爵士乐手在质量和技巧上都水平超高，和二十年前不可同日而语。

小泽 似乎是这样。六十年代末期，我曾在纽约欣赏过秋吉敏子的演出。记得她的演奏水平也是令人难以置信的好。

村上 她的风格很豪迈，十分果断，又有自己的主张。

小泽 的确带点男乐手的气息。

村上 她也和您一样生于中国东北，年纪似乎比您稍大一点。

小泽 目前还在演奏吗？

村上 嗯，应该还很活跃。但她有很长一段时间都在率领大乐队演奏。

小泽 大乐队？真了不起。还有，旅居波士顿那段时期，我也常听森进一，还有藤圭子。

村上 噢？

小泽 他们俩的音乐也很不错。

村上 如今，藤圭子的女儿是位很受欢迎的歌手。

小泽 哦？是吗？

村上 名叫宇多田光。

小泽 是不是那个唱英文歌、脸部轮廓很深的歌手？

村上 我不记得她是不是唱英文歌，但轮廓似乎不算深。这方面的看法应该是因人而异吧。

小泽 嗯。

村上 （向正巧走过的女助理问道）喂，宇多田光的轮廓算不算深？

岩渊助理 哦，应该不算深。

村上 您瞧，不算吧。

小泽 噢，那我就不知道她是哪一位了。听过一次她唱的歌，当时觉得唱得真好。

村上 我念书时在新宿一家小唱片行打过工，在那儿看到过藤圭子。她个头很小，衣着朴素，看起来并不抢眼。当时她对我说："我是藤圭子，麻烦您多多推销我的唱片。"说完微笑着低头致意，就离开了。当时她已经是个大明星，却还那样不辞辛苦地去一家家唱片行拜访，让我深感佩服。这大概是一九七〇年前后的事。

小泽 对对，大概就是那个时期。我买了森进一的《港都蓝调》、藤圭子的《梦在夜里绽放》等磁带，常在开车往返于波士顿与坦格伍德时听。当时贝拉和孩子们正好回了日本，留我一个人独居，所以我非常想念日本。有空时也听些志生[①]的落语什么的。

---

①古今亭志生，日本落语家。

村上　在国外住久了，有时的确很想听听日语。

小泽　山本直纯老师主持过一档叫“管弦乐团来了”的节目，有一回让我当特邀嘉宾，还说森进一先生也会到场，结果他真的来了。因此我指挥乐团为他伴奏了一首歌曲，演奏得或许不太好。后来也不知怎的，一位知名作家竟对此事大肆抨击。总之，当时被他骂得灰头土脸的。(笑)

村上　他对哪里不满?

小泽　他批评道，懂古典音乐，不代表就一定懂演歌。

村上　哦。

小泽　我当然什么话也没回，但心底还是希望为自己辩驳一番。大家都说，演歌是日本特有的文化，只能由日本人来唱，也只有日本人听得懂。但我并不这么想。演歌基本是从西洋音乐发展而来的，一切都能用五线谱解释。

村上　哦。

小泽　演歌中的小节之类，也都是用颤音符号标记的。

村上　意思是，只要乐谱写得对，即便是从没听过演歌的唱《卡门》的歌唱家，也能把演歌唱出来?

小泽　没错。

村上　这真是独特的反驳。原来至少就乐理而言，演歌也可以是全世界都能理解的音乐。

第五次

歌剧很有趣

这次对谈是在三月二十九日，我们俩正好都在檀香山时进行的，是东北大地震十八天后。地震发生时，我正好因公赴夏威夷。由于无法回国，每天只能盯着CNN的新闻关心情势发展。新闻里全是让人痛心的消息。在这种情况下聊歌剧的乐趣似乎有点不合时宜，但能与事务繁忙的小泽先生畅谈的机会毕竟难求。因此，我们俩边关心核电站危机将如何发展、日本这个国家将何去何从等严肃话题，边谈起歌剧来。

我与歌剧本无缘

小泽 我初次指挥歌剧，是当上多伦多交响乐团音乐总监之后的事。是以音乐会形式演出的《弄臣》，一场没有舞台布景的公演。当时能率领属于自己的交响乐团，对我来说着实是人生一大乐事，或者该说感到非常满足。此后想演奏马勒、布鲁克纳还是歌剧，全都任我选择了。

村上 歌剧的指挥方式，应该和指挥普通的管弦乐曲很不一样。请问您是在哪里受正式训练的？

小泽 卡拉扬老师嘱咐我无论如何都得演出歌剧，并任命我为副指挥。当时他正在萨尔茨堡指挥《唐·乔万尼》。我学会了用钢琴弹奏整部《唐·乔万尼》。卡拉扬老师先让我担任《唐·乔万尼》的副指挥，好好学习歌剧，两年后才让我指挥《女人心》。那是我正式指挥的第一部歌剧。

村上 是在什么地方演出的？

小泽 也是在萨尔茨堡。此前，美国有一位名叫乔治·雪莱的优秀男高音想和我合作，这位黑人歌唱家对我说：“征尔，咱们一起演出歌剧怎么样？”他想演唱《弄臣》，因此，我们在伦敦演出了其中所有的唱段。那次演出很有趣。在日本，我也和日本爱乐乐团在文化会馆演出了《弄臣》，同样是以音乐会的形式。如今想来，我竟然从未以歌剧的形式演出过《弄臣》。预计在二〇一三年春天，我将在小泽征尔音乐塾进行全剧的公演，由大卫·尼斯执导。我和大卫已有约二十年的合作经验，在坦格伍德演出的歌剧几乎都是由他执导的。

村上 真叫人期待。

小泽 因此，《女人心》便成了我在舞台上演出的第一部歌剧。当时是由让－皮埃尔·波奈尔执导的。他是位优秀的歌剧导演，后来却遭遇从舞台摔落的悲剧，伤及背脊，导致健康恶化，不久就去世了。这部歌剧原本预定由卡尔·伯姆指挥，但当时他健康上出了问题，记得好像是动了眼部手术什么的，便由我接手。

村上 好突然的升迁。

小泽 对。但他们可能担心得不得了。（笑）毕竟我是第一次正式指挥歌剧。卡拉扬和伯姆两位老师都来到现场看我指挥，似乎是出于担心才来的。排练时也都来过。提到这个，此前一年，克劳迪奥·阿巴多也同样在萨尔茨堡指挥过《塞维利亚的理发师》。那是他在萨尔茨堡的歌剧处女秀，尽管他可能在意大利指挥过歌剧了。

村上 阿巴多比您年长些？

小泽 是，好像大我一两岁，虽然我担任兰尼的副指挥比他早。

村上 那场《女人心》的评价如何？

小泽 我不太清楚。但后来维也纳爱乐开始邀我演出，维也纳国家歌剧院也偶尔找我，看来评价应该还不错吧。

村上 第一次指挥歌剧是不是很有趣？

小泽 当然，超乎想象的有趣。记得那是一九七二年的事，以男高音路易吉·阿尔瓦为首的歌唱家个个表现精湛，整场演出在祥和的气氛中圆满落幕。翌年，我又在萨尔茨堡指挥了《女人心》。萨尔茨堡的惯例是同样的歌剧持续演出两三年。后来，萨尔茨堡又邀我指挥了《伊多梅纽斯》。我总共指挥了两部莫扎特的歌剧。《女人心》是在主要上演莫扎特歌剧的小剧院，《伊多梅纽斯》是在一家用岩石凿成的剧院演出的。如今想来，我指挥的歌剧几乎都是在巴黎加尼叶歌剧院、米兰斯卡拉歌剧院和维也纳国家歌剧院三处，至今还没在柏林指挥过歌剧。

村上 您是在担任波士顿交响乐团音乐总监的同时兼任歌剧指挥的？

小泽 是的。因此我必须向波士顿告假前往欧洲。指挥歌剧至少需要一个月，我就只请一个月，所以总是难以拓展新的戏码，筹备起来实在是非常费时。不过，在巴黎加尼叶歌剧院倒是常有机会指挥新剧，像《法斯塔夫》或《费德里奥》。最近一次指挥的是《图兰朵》。此外，和多明戈合作过《托斯卡》，也指挥过梅西安的《阿西西的圣方济各》，还是首度演出。

村上 长年以来，歌剧一直是您的重要曲目啊。

小泽 其实，我与歌剧本无缘。（笑）斋藤老师从没教过我们歌剧，因此在日本时，我与歌剧几乎无缘。但还在学校时，我观赏过渡边晓雄老师与日本爱乐乐团演出的拉威尔的《儿童与魔法》。记得那是一九五八年的事。

村上　那是一出很短的歌剧。

小泽　对，很短，大概只有一小时。记得也是音乐会的形式，不是正式演出。时任音乐总监的渡边老师公务繁忙，就由我担任他的代理指挥[①]。那是我第一次接触歌剧。

村上　是在哪儿演出的？

小泽　好像是在产经音乐厅。那段时期，渡边老师每两年演出一次歌剧。我记得在我出国后，他演出了德彪西的《佩利亚斯与梅丽桑德》这部较为少见的歌剧。

村上　您是在接受卡拉扬的指导后才开始正式指挥歌剧的？

小泽　是的。卡拉扬老师给了我许多宝贵的教诲。比如说他曾用强硬的语气告诉我，对指挥家而言，交响乐与歌剧就像自行车的两只轮子，少一只车就动不了。交响乐里包含协奏曲或交响诗等类型，但歌剧就完全不同。一次也没指挥过歌剧就离开人世，和没听过瓦格纳就死去是同样的道理。这比喻很有道理吧？所以，征尔，你非得好好钻研歌剧不可。不懂歌剧，就无从了解普契尼与威尔第。连莫扎特都将半生精力投注在歌剧上。听他这么一说，我就立志一定要指挥一两部歌剧。

村上　趁着这股劲头，您就在多伦多指挥了《弄臣》？

---

①排练时的代理指挥。原注。

小泽　没错。演出后，我告诉了卡拉扬老师。后来，在我辞去旧金山交响乐团音乐总监一职、准备迁往波士顿时，卡拉扬老师吩咐我别急着搬过去，先休个假去他那儿一阵子。他打算全面指导我如何指挥歌剧。

村上　真是亲切。

小泽　对。他似乎将我视为直系弟子。因此，我辞去了夏季在拉维尼亚音乐节担任的总监一职，本该直接去坦格伍德，但我拜托对方再等我一年，那年夏天没安排任何行程，去卡拉扬老师那儿研习了。当时他正在萨尔茨堡演出《唐·乔万尼》。老师不仅要指挥，就连演技指导甚至照明都自己负责。

村上　真了不起。

小泽　幸好服装方面他不用经手，但上面那些事已经让他忙得不可开交了。因此在排练期间，许多时候都委由我指挥。

弗蕾妮出演的咪咪

小泽　当时演出名单上的男主角是保加利亚男低音尼可莱·吉奥罗夫，泽琳娜由米瑞拉·弗蕾妮出演。我几乎每天都得为他们的排练弹琴伴奏。其间，他们俩不知不觉地开始交往，接着就结婚了。因此，我也算得上吉奥罗夫和弗蕾妮的家人吧。（笑）后来，我也请他们俩到坦格伍德演出威尔第的《安魂曲》。在我指挥穆索尔斯基的《鲍里斯·戈都诺夫》和柴科夫斯基的《叶甫盖尼·奥涅金》

时，吉奥罗夫都为我登台演出。当然，塔季扬娜一角由弗蕾妮担纲。多年来，我一直在歌剧演出结束后和他们夫妻俩一同用餐。可惜，吉奥罗夫七年前过世了。

村上　弗蕾妮是用俄语演唱歌剧的吧？

小泽　是的。她也常演出《黑桃皇后》。吉奥罗夫的曲目中有不少俄罗斯乐曲，为了夫妻俩一同活动，她必须学会用俄语演唱歌剧。他们感情很好，总是同台演出。

村上　难怪弗蕾妮很擅长用俄语演唱歌剧。

小泽　多亏认识弗蕾妮，我得以指挥许多不同的歌剧作品。我们合作过五六部，其中她最想演《波西米亚人》。

村上　剧中的咪咪一角就是弗蕾妮的拿手好戏。

小泽　她常要求我：征尔，下次一起演出《波西米亚人》好不好？但不知怎的，到头来还是没能成真。这么说或许有点像找借口，但当时卡洛斯·克莱伯正好率斯卡拉歌剧院交响乐团来日本演出《波西米亚人》。看完后，我发现自己应该达不到这种水平，这场演出实在太精湛，我绝对无法超越。

村上　您指的是一九八一年的日本巡回演出吗？男高音是德沃斯基。

小泽　咪咪则是由米瑞拉·弗蕾妮出演。终于到我开始指挥《波西米亚人》时，弗蕾妮几乎已经退出江湖，如今她返回故乡摩德纳授徒。当年没能与她合作，实在遗憾。

村上　的确遗憾。

小泽　她对咪咪这个角色的诠释相当精彩。若不是由她演出，我对这部歌剧就毫无兴趣了。有时在戏里，某个演员看起来丝毫不像在演戏。但问一下，这演员却回答："不，我可是拼了命在演的。"只是演得太自然，乍看之下完全不像在做戏。弗蕾妮演的咪咪就是这种感觉。

村上 《波西米亚人》这部歌剧，如果咪咪一角没让观众落泪，演出便不算成功吧？

小泽 一点也没错。

村上 弗蕾妮的演出真的如此自然？

小泽 就算下定决心忍住不哭，看了还是要潸然泪下。我打算下回到佛罗伦萨时，顺道去摩德纳探望她。

啜饮几口热红茶。

小泽 这是砂糖，没错吧？

村上 没错。

关于卡洛斯·克莱伯

村上 卡洛斯·克莱伯指挥的《波西米亚人》真有这么完美无瑕？

小泽 当然。指挥家完全融入戏里，指挥的技巧也精湛得让人叹为观止。事后我问他是如何做到的，他回答："喂喂，你怎么会问这种问题？征尔，《波西米亚人》这部戏，我睡着了也能指挥。”

村上　哈哈哈，真是厉害。

小泽　当时贝拉正好在我身旁，还以为这家伙该不是在吹嘘吧。（笑）后来才知道，他从年轻时起，就指挥《波西米亚人》指挥到烦了。

村上　因此每个细节都记得清清楚楚。但克莱伯是不是个演出曲目有限的指挥家？

小泽　对。（曲目中）歌剧很少，管弦乐也不多。

村上　不过我上次在书里读到一段里卡尔多·穆蒂的回忆，提到他在指挥瓦格纳的《尼伯龙根的指环》期间，克莱伯曾到后台找他聊天。当时他发现克莱伯竟然将《尼伯龙根的指环》每个细节都记得清清楚楚，惊愕不已。克莱伯一次也没指挥过那部歌剧，却将乐谱研读得滚瓜烂熟。

小泽　克莱伯很用功，熟悉的曲子其实不少。但他也是个麻烦的人，在柏林演奏贝多芬《第四交响曲》时，每天动不动就要与人起冲突。我和他交情匪浅，当时也目睹了来龙去脉。在我看来，他似乎总在找理由拒绝指挥。

村上　您从没取消过演出？

小泽　像这次因病取消的事是有的。但只是稍微发点烧，我就会撑着指挥完整场音乐会。

村上　也没有与人起争执，取消演出的经历？

小泽　仅有一回。记得那是我在柏林（爱乐）担任客座指挥第二年的事。有没有听说过一位叫吉纳斯特拉的阿根廷作曲家？

村上 没有。

小泽 总之有这么一位作曲家。当时我指挥的就是他写的《南美大牧场》[①]，是首由大型管弦乐团演奏的曲子。不知何故，卡拉扬老师挑了这首曲子，但自己不指挥，却吩咐我："征尔，好好研读，这首曲子就由你来指挥。"当时也不知为什么，我们需要演奏些阿根廷乐曲。被这么一吩咐，我只得硬着头皮读谱。记得后半段演奏的好像是勃拉姆斯的交响曲，只是记不清是哪首。在练习这首《南美大牧场》的过程中，我们发现打击乐的部分很难。当时团里有七位打击乐演奏者，由于难度实在太高，只好先暂停其他乐器组的演奏，让打击乐器组单独排练。但节奏太复杂，竟然越练越不流畅。这时，一位年轻的男演奏者忽然笑出来，看得我火冒三丈，朝他怒斥"有什么好笑的"。他没有道歉，就这么愣愣地坐着，我越发怒火中烧，高声怒斥："亏你们还是享誉天下的柏林爱乐，后天就得正式登台，现在还演奏成这副德行，像什么样子？"被这么一骂，大家的演奏更是荒腔走板，气得我把谱一扔，大喊一声"休息"，走出房间。

村上 哦。

小泽 接着我就打电话到纽约找经纪人维尔福特，告诉他：我要回去了，在这种地方实在成不了事，请代我向卡拉扬老师致歉。

---

① 《南美大牧场》（Estancia）是阿尔伯托·吉纳斯特拉于1941年创作的芭蕾舞曲，是他继《帕纳姆比》后的第二部芭蕾舞曲，被誉为他的代表作，描写了阿根廷潘帕斯草原和乌拉圭草原的混血人种高乔人和彭巴草原居民的生活，带有丰富的民族色彩。后来又被改编入组曲第八首。目前经常演奏的是这组乐曲。原注。

随后我告知乐团成员，自己要回纽约了，接着便气急败坏地赶回凯宾斯基酒店。不过，当时柏林还分成东西两半，西柏林没有直接飞往纽约的班机，必须在其他地方转机。委托饭店订票后，我立刻开始整理行李。

村上 看来的确惹您生气了。

小泽 当我办好退房准备出发时，正好碰上柏林爱乐的团长——深受卡拉扬老师信赖的低音提琴手莱纳·泽佩里茨率领几位团员来向我致歉："抱歉惹您生气了。从您离开到现在，打击乐器组一直在努力排练那不理想的段落。能否请您明天再来一趟，至少看看我们演奏得怎样？"他这么一说，我不去瞧瞧，岂不是说不过去了？

村上 的确说不过去。

小泽 我只得再给维尔福特打一通电话，说我打算多待一天，又拜托饭店帮我取消机票……总之有这么回事。这场风波后来广为人知。

村上 后来《南美大牧场》演出了吗？

小泽 是的。我又回去拿起指挥棒了。

村上 克莱伯就绝对不会妥协吧？

小泽 他应该不会回去吧。（笑）但我当时没走成，一大原因其实是没有直达纽约的班机。

村上 正在找转乘航班的当头，就被说服了。（笑）

小泽 后来，斋藤纪念管弦乐团成立后的二十几年间，这位泽佩里茨先生都来担任首席低音提琴。可惜他在不久前辞世了。

村上 回到原先的话题，克莱伯来到日本演出《波西米亚人》

时，鲁道夫和咪咪分别是由德沃斯基和弗蕾妮出演。

小泽 对对。

村上 我觉得卡洛斯·克莱伯即使指挥勃拉姆斯《第二交响曲》或贝多芬《第七交响曲》等大家耳熟能详的乐曲，也能不时诠释出新意，给人“哦？原来这首曲子背后还有这种玄机”的新鲜感。才气纵横的优秀指挥家很多，能做到这一点的却屈指可数。

小泽 噢，有道理。

村上 我想，必须将乐谱研读得非常深入才能做到。

小泽 嗯，他在研读乐谱这方面的确很让人佩服。不过他最可怜的就是有个过于伟大的父亲。

村上 埃里希·克莱伯。

小泽 或许有这么一位父亲让他很紧张，相当紧张。但不知是什么缘故，卡洛斯似乎对我很有好感，很友善。他也很喜欢贝拉，和我们夫妻感情非常好。他不仅欣赏我的音乐会，也请我吃过很多次饭。我就任维也纳国家歌剧院音乐总监时收到的第一封贺电，就是卡洛斯发来的。那封贺电还很长。

村上 他不是很难相处？

小泽 非常难相处，时常动辄取消音乐会，因此名声不太好。他总是说什么也不肯接受我的邀请，后来他亲自来电向我道贺时，我立刻对他说：“如今我都到这儿来了，你偶尔也来维也纳指挥一下怎么样？”而他的回答是：“喂，我给你打电话，可不是为了谈这个。”（笑）

村上 意思是祝贺和邀约是两回事？

小泽 斋藤纪念管弦乐团也曾邀请克莱伯来指挥。克莱伯十分支持斋藤纪念管弦乐团，乐团赴德国演出时他也到场观赏过。但他没有答应来，也没回绝。在卡拉扬老师人生的最后一段时期，斋藤纪念管弦乐团也曾邀请过他，但最终没能成行。不过，他倒是答应为我指挥波士顿交响乐团。当时卡拉扬老师应索尔蒂之邀，在萨尔茨堡指挥过芝加哥交响乐团，没能赶来波士顿。但若是波士顿交响乐团有计划赴欧，他愿意代我指挥。可惜还没实现诺言，他就辞世了。

村上 真是太遗憾了。

小泽 卡拉扬老师既没答应，也没回绝斋藤纪念管弦乐团，却请乐团前往萨尔茨堡演出。当时我说自己指挥一场，剩下一场可否由他指挥，但老师到最后都没有明确回复，翌年就辞世了。想必当时他的身体很衰弱了。

村上 还真希望听听克莱伯或卡拉扬指挥斋藤纪念管弦乐团的演奏。

小泽 卡拉扬老师十分支持斋藤纪念管弦乐团，才特地请我们前往萨尔茨堡。要请一个乐团到那儿演出，可不是件容易事。

歌剧与导演

村上 记得您提到曾计划上演一部由肯·罗素执导的歌剧？

小泽 对对，原本计划在维也纳演出由肯·罗素执导、我指挥、米瑞拉·弗蕾妮出演的《叶甫盖尼·奥涅金》。那时我尚未接手维也纳歌剧院音乐总监，仍由洛林·马泽尔担任。我为此和肯·罗素见面协商过好几次。但后来不知怎的，他与剧院爆发了严重的争执，计划被迫取消。不过，我和这起冲突毫无关系。

村上 如果计划真能实现，想必会成为一场风格奇特的演出。

小泽 想必是这样。他此前执导的《蝴蝶夫人》就引发了不小的争议。将原子弹爆炸的照片大大地投影在背景上，又将象征美国的巨大的可口可乐瓶子搬上舞台……和他见面时，也感觉他十分激进。

村上 他执导的《马勒传》也是一部风格怪诞的电影。

小泽 嗯。当时他请我看过这部电影。在伦敦市中心一个活像酒馆、灯光昏暗、只有男人敢进去的怪地方，我们就在那里头聊。他说在《叶甫盖尼·奥涅金》的原作中，主角奥涅金是个如假包换的花花公子，比歌剧版中的更好色，而柴科夫斯基歌剧里的奥涅金只是有些优柔寡断，并没有被写成风流成性。他希望能在自己执导的歌剧里呈现出这个黑暗面。

村上 果然爱惹麻烦。（笑）总之这个合作计划流产了？

小泽 是的。

村上 看来挑对导演也不容易。

小泽 我第一次指挥《女人心》时合作过的让－皮埃尔·波奈尔，就是位十分优秀的导演，我至今仍认为他是天才。他对音乐的理解真是叫人佩服。排练歌剧时，一开始只练习音乐，不搭布景，仅用钢琴伴奏。但即使在这个阶段，只要他一加上动作或走位，音乐竟然就显得更自然。当时我觉得这是堪称新发现的前所未有的体验。我问他是怎么办到的，他的回答是事先将音乐听熟，让音乐渗进自己的心灵。一听就知道，他对音乐还真不是一般的熟悉。

村上　他不是那种听音乐前就先搭布景的人？

小泽　绝对不是。我和他意气相投。他过世前不久，我们才在巴黎碰过头，打算下回合作演出《霍夫曼的故事》。当时他刚在巴黎喜歌剧院演出新版《霍夫曼的故事》，打算移师到更大的歌剧院演出，我也很想参与，可惜没多久他就逝世了。在我看来，他是导演中的上上之选。

村上　上次我刚在NHK看到您在维也纳指挥的《曼侬·莱斯科》，将背景改为现代的那场。

小泽　那场演出的导演是罗伯特·卡尔森。他执导的作品中最出色的，当推理查德·施特劳斯的《埃拉克特拉》，是相当有现代感的歌剧，他的表现实在是可圈可点。他执导的雅纳切克的《耶奴发》也是无可挑剔。除此之外，他还执导过《唐豪塞》。这部歌剧原本是讲歌唱大赛的故事，但他改成了绘画大赛。

村上　哦？可以这么做？

小泽　被他改成了绘画大赛。这部歌剧由我指挥，先是在日本的歌剧之森音乐节演出，后来又赴巴黎公演。在日本的评价马马虎虎，但在法国大受欢迎。看来法国人真的很热爱绘画。

村上　但投入大笔成本制作新剧，如果上演场次不够多，不就无法回本？

小泽　其实为了回本，歌剧院当然希望同样的歌剧能演个十年二十年。例如泽菲雷里执导的《波西米亚人》仍在维也纳上演，至今已经演了三十年。要制作一部新剧，必须有至少能演三年的把握。三年里每年演个十几场，总共演上四十场，就能回本了。然后将布景租给层级较低的歌剧院，就能获利。

村上 原来歌剧院是这么获利的。

小泽 没错。

村上 几年前，您曾在日本指挥过贝多芬的《费德里奥》，那场用的布景也这样租出去了？

小泽 当然。是用船运出去的。但那是维也纳国家歌剧院的巡回公演，也算不上是出租。下次我要指挥柴科夫斯基的《黑桃皇后》。这场的布景也要从维也纳运过来。

村上 那对歌剧院来说，布景或者该说整部歌剧的策划，算是一种财产？

小泽 对。不过在日本，主办方就算想保管这些布景，也找不到地方存放。维也纳郊外有非常大的仓库可以存放这些设备。场地是政府提供的，所有设备都存放在那里，用货车搬进搬出。维也纳国家歌剧院只放得下两部歌剧所需的布景，因此货车几乎天天在歌剧院与仓库之间来回跑。

在米兰遭遇一片倒彩

村上 歌剧相当于近代欧洲文化的精髓。从受贵族保护的时代、资产阶级热心支持的时代，到以企业赞助为主的今天，一路走来，都被视为最灿烂的文化遗产。如今眼见日本人进入这个领域，欧洲人会不会排斥？

小泽　当然会。我初次在斯卡拉歌剧院登台，与帕瓦罗蒂合作演出《托斯卡》时，就遭遇一片倒彩。我和帕瓦罗蒂是至交，那次他热心地请我到米兰演出。我很喜欢他，就这样让他说服了。（笑）当时卡拉扬老师非常反对，告诉我那等于自杀，还威胁说我真的会被人杀掉。

村上　被谁杀掉？

小泽　被观众。米兰的观众是出了名的难讨好。果然，起初我的确遭遇了一片倒彩。但那次公演一共演出七场，大概三天后，我忽然惊觉：咦？今天没倒彩了？最后演出就这样顺利结束。

村上　倒彩在欧洲很常见？

小泽　是的，意大利尤其常见。日本没有这种习俗。

村上　日本没有？

小泽　也不是完全没有，但不会像意大利人这样集体爆出嘘声。

村上　我旅居意大利时，常在报上看到《理西亚莱丽昨夜在米兰遭遇一片倒彩》一类的报道。当时我惊觉原来歌剧院里的倒彩，在意大利被视为很大的社会新闻。

小泽　哈哈哈哈哈。（愉快地笑）

村上　看来喝倒彩在那儿已经成为一种文化。身为作家，我的作品当然时常遭到恶意批评。但只要不看，就不会被这类批评惹得恼怒或颓丧。但音乐家必须站在观众面前，面对阵阵嘘声，根本无处可逃。这种时候会不会很痛苦？我觉得碰到这种事一定很难受。

小泽 我在斯卡拉歌剧院演出《托斯卡》时，遭遇了生平第一次倒彩。那时我母亲正好在米兰。当时孩子还小，贝拉抽不开身，家母只好来为我做日式饭菜。她也到歌剧院里看我演出，在观众席里听到朝我爆出的阵阵嘘声，她还误以为是喝彩。（笑）因为当时大家都大声奚落我，她以为大家很开心，回到家后对我说："不错嘛，今天有这么多观众为你喝彩。"

村上 哈哈哈哈。

小泽 我向她解释那不是喝彩，而是倒彩。但她这辈子都没听过这种倒彩，应该想象不出。

村上 说到这个，在芬威球场，只要红袜队的尤克里斯一出场，全场球迷就会发出阵阵喝彩，高喊"you"。起初我还以为那是嘘声，直好奇为何他一出场，大家就要喝倒彩……

小泽 嗯，那喝彩听来的确像嘘声。总之在米兰被喝倒彩时，帕瓦罗蒂安慰我说："征尔，在这里被喝倒彩，就代表你是一流的。"乐团团员也来了，告诉我至今还没有没在这里遭遇过倒彩的指挥家，就连托斯卡尼尼都没能幸免。不过，当时感觉他们这些话也没让自己的心情好多少。（笑）

村上 但大家都很关心您吧？

小泽 经纪人也告诉我没什么好在意的："大师，您还有团员们的支持。他们都站在您这边，这比什么都重要。不受团员支持的指挥家如果被喝倒彩，形同宣告他的音乐生涯业已结束，但您绝对不是这样。总之千万别心烦，再忍耐一阵子，情况肯定会好转。"

他说得没错，团员们的确是站在我这边，甚至也向奚落我的观众发出嘘声。我都看见了。

村上　那么，后来就顺利了？

小泽　对。几天后，嘘声就消失了。开始只是越来越少，某天就完全消失了。从那时起到演出结束，没再出现任何嘘声。不过，倘若到最后都是嘘声不断，或许我就要放弃这条路了。只是从没有凄惨到这种程度，想象不出来。

村上　后来，您又在斯卡拉歌剧院指挥过好几部歌剧，是吧？

小泽　嗯，指挥了好几部。比如韦伯的《奥伯龙》、柏辽兹的《浮士德的沉沦》、柴科夫斯基的《叶甫盖尼·奥涅金》和《黑桃皇后》等。还指挥过哪些来着……

村上　除了那次，还有没有遭遇一片倒彩的经历？

小泽　嗯……记忆里除了那次，好像就没有了。有几次也有少数观众发出嘘声，但像那样此起彼伏的倒彩没再遭遇过。

村上　米兰斯卡拉歌剧院的观众很排斥东方人指挥意大利歌剧？

小泽　我想，或许是因为我指挥的和他们想象的有出入。也许我诠释的音乐和他们想象中《托斯卡》该有的声音并不相符。再加上看到一个东方人来指挥，意大利人就感到不服气，这也可能是部分原因。

村上　当时，在欧洲的一流歌剧院里登台指挥的东方人只有小泽先生一位？

小泽　是的，好像没有其他人了。不过正像我刚才所说，斯卡拉歌剧院那一次，乐团与合唱团团员们的热心支持着实给了我不少鼓励。说到这个，在芝加哥也发生过类似的事。我当上拉维尼亚音乐节音乐总监的第一年，曾被报纸批评得体无完肤。一位在某知名报社撰写乐评的记者似乎对我很不满，也许有什么不为人知的内幕，总之他将我的指挥批评得一无是处，和兰尼惨遭《纽约时报》乐评人勋伯格抨击的情况差不多。幸好当时也有乐团团员的善意支持。在第一季结束时，他们还给了我一场 shower。

村上 Shower？

小泽 原本我也不知道这是什么，但指挥完最后一首曲子，指挥家不是先回到后台，再返回舞台上吗？这时每位团员都使劲用自己的乐器发出噪音。小号、弦乐器、长号、定音鼓，都用最大音量“叭——”、“锵——”地大声演奏。这么形容，您能想象出来吗？

村上 能。

小泽 这就叫 shower。原本我也不懂这是什么，被他们吓了一大跳。后来乐团的第二小提琴手兼人事经理走过来对我说：“征尔，这叫 shower，好好记住。”这用意似乎是看到报纸将我批评得体无完肤，乐团团员们想借这种音乐手段表达抗议。

村上 原来如此。

小泽 这是我第一次也是最后一次体验 shower。芝加哥那家报纸似乎打算击溃我，但我并没被打垮。翌年音乐节的主办单位也同我签了约，到头来总共演出了几年来着……记得是五年。

村上 只有抗击这种来自外界的压力，才能生存下去。

小泽 总之就是这么回事。但到了那时候，我对这种事已经习惯了。不论是到维也纳、萨尔茨堡还是柏林，起初我都遭受过严酷的恶评，已经习惯面对这种抨击了。

村上 这些恶评大都说些什么？

小泽 这我就不太清楚了。我看不懂报纸。但文章里肯定净是坏话，毕竟周围的人都这么告诉我。

村上 刚出道的新人，是不是都接受过这种洗礼？

小泽 不，不一定。很多人从没经历过这种事。例如克劳迪奥好像就没遭受过恶评，从一开始就被视为才华洋溢的指挥家。

村上 当年不比现在，还没有多少东方出身的音乐家在欧洲活动，是否正因如此，反对才这样强烈？

小泽 在那个年头，曾有位中提琴家土屋邦雄先生一九五九年获选进入柏林爱乐，在当年是大新闻，可见是一件划时代的大事。但如今欧美的主要乐团，尤其是弦乐器组，没有东方团员是无法想象的事。时代真的变了。

村上 当时他们认为东方人不可能理解西洋音乐？

小泽 这或许是部分原因。但要问我当年遭受过什么样的批评，我完全不记得了。相反，或者该说正因如此，乐团里的演奏家们给了我许多温暖与支持。或许这是出于对弱者的同情，他们可能想：这个年轻人只身远渡重洋到这儿来，却受尽欺负，真是可怜。咱们就帮他一把吧。

村上 不论媒体的攻击多么恶毒，共事者的支持还是最强有力的心灵支柱。

乐远多于苦

小泽 总之，卡拉扬老师似乎下定决心，要传授我一身指挥歌剧的功夫。

村上 指挥歌剧需要经营和乐团以及演唱者的关系，两头都要控制得宜。您在适应前，会不会觉得这是份相当辛苦的差事?

小泽 到头来一切都得接触。和乐团接触的同时，也要和演唱者接触。

村上 演唱者与乐团团员不一样，比较像自雇人士甚至大明星，合作起来有没有困难?

小泽 有些人的确比较难相处。不过一旦开始演唱，开始向他们下各种指示，没有一位提出异议。毕竟大家都想把工作做好。

村上 所以您并没有多少辛苦的经历?

小泽 在萨尔茨堡指挥《女人心》时，我没向周围的人隐瞒，当面告诉大家这是我第一次指挥歌剧，结果大家亲切地给了我许多指导。从演唱者到副指挥，每个人都向我传授了各种方法。不仅是卡拉扬老师殷勤指导，连克劳迪奥也来教我怎样合上演唱者的节拍。

村上 没有人刻意找麻烦?

小泽 我不清楚。或许有，只是我没察觉而已。(笑) 大家和我共事时都很亲切，气氛有点像大家庭一般和谐。我还招待他们来我家开饺子派对呢。

村上 初次挑战歌剧，愉悦要比战战兢兢多得多吧?

小泽 是的，就是这种感觉。当然，我也有必须好好学习的压力，但快乐要比压力多得多。毕竟歌剧对我来说，是后来才有幸拥有的宝物。现在如果有机会，我也想多多指挥歌剧。毕竟还有不少作品我研读过，但还没实际演出过。

村上 维也纳国家歌剧院是忽然邀请您去担任音乐总监的？

小泽 是的，很突然。此前，我几乎每年都到维也纳指挥。除了指挥维也纳爱乐，也指挥了不少歌剧。后来，歌剧院忽然问我是否愿意担任音乐总监。当时我已经在波士顿交响乐团指挥了二十七年，心想若是满三十年，可真的太久了，或许该离开了。比起波士顿交响乐团的音乐总监，歌剧院的工作可能要轻松些。再加上空闲时间也许会多一点，回国时大概能在日本待得更久。但到头来也没那么好。每次筹备新曲目都得花许多时间，在维也纳更是如此。除此之外，我还得随着剧团到处巡演，出差的次数也多了。这些巡演并不是以完整歌剧的形式，而是以音乐会的形式演出。

村上 所以到头来，还是和在波士顿交响乐团一样忙？

小泽 嗯，同样很忙。但也算不上折腾。大家都担心我能不能撑得住，情况并没有这么严重。这工作很有乐趣，我还学到了很多东西。原本很希望多做些形形色色的演出，要不是患了病……实在很遗憾。

村上 就我这门外汉的印象，维也纳国家歌剧院似乎是个堆满历史尘埃、阴谋诡计横行的伏魔殿。

小泽 哈哈哈哈，大家都这么说，其实并非如此。但也许是这样，只是我没感觉。

村上 其中难道没有政治性的钩心斗角？

小泽　哦，这种事我尽量不去碰。从在波士顿交响乐团起，我就尽量离这种事远远的，到哪儿都不沾。在日本也是。至于在维也纳时，我说不了几句德语，或许反而可以明哲保身。语言不通有不便的地方，但某些时候反而很方便。所以在维也纳那八年，我真的过得很快活。自己想指挥的歌剧几乎都能试试，而且随时都能观赏其他歌剧。

村上　完全沉浸在歌剧的世界里。

小泽　不过，说来惭愧，我几乎没有从头到尾看完过哪部歌剧。歌剧不是有所谓的精华，也就是最重要的段落吗？我大都只冲着这种段落去剧院，看完这部分就离开了。（笑）实在很对不起。

村上　虽然感觉……这未免太可惜了，但歌剧的确很冗长。

小泽　我只是看完这种精华段落，接着就回房间（歌剧院内的办公室）忙自己的工作了。其实应该从头看到尾，但我白天实在很忙，既要随同维也纳爱乐排练，又要为接下来的歌剧演出做舞台排练，很难抽出这么多时间。所谓舞台排练，就是只用钢琴伴奏的排练，上午和下午各进行三小时。结束时太阳都下山了，人也累得半死，根本没心情看完整部歌剧。毕竟得花上三个小时，看着看着肚子不都饿了？（笑）

村上　歌剧本来就是为生活清闲的观众创作的。几年前您还担任音乐总监时，我就去过维也纳，密集地观赏了几部歌剧。观赏歌剧，欣赏维也纳爱乐的演奏；接着又观赏歌剧，欣赏维也纳爱乐的演奏……所幸当时有这闲情，我度过了一段幸福的时光。希望您身子养好了，再回维也纳指挥歌剧。

在瑞士小镇

我在二〇一一年六月二十七日到七月六日期间，随小泽征尔瑞士国际音乐学院一起活动。这是在离日内瓦湖畔的蒙特勒不远的小镇罗勒，为年轻的弦乐器演奏者举办的讲座，由小泽先生主持。每年夏季举办，为期十天，今年已是第七年。

来自不同国家、大多为二十几岁的优秀弦乐器演奏者从欧洲各地前来，以住校的形式接受指导。供他们寄宿和排练的场地是个类似市立文化中心的地方。在小镇里算得上非常宏伟。那儿紧临湖畔，被一片辽阔的绿地环绕。建筑外观古色古香，看起来历史悠久。窗户一直大开着，外面不时有渡轮驶过。渡轮往来于法国与瑞士之间，前后悬挂的两国国旗在风中悠然飘扬。

在小泽先生主持下，除了请来帕梅拉·弗兰克（小提琴）、今井信子（中提琴）与原田祯夫（大提琴）三位一流演奏家以讲师身份指导学生，茱莉亚弦乐四重奏的首席小提琴手罗伯特·曼恩先生（他已经是个传奇人物了）也从美国前来参加。讲座的内容这样充实，期望参加的学子当然一直很多。因此需要通过严格的面试，真正优秀的演奏者才有资格参加。参与者都是经过千挑万选、从全欧洲脱颖而出的年轻精英。

课程以弦乐四重奏为单位进行，三名讲师在每个小组之间绕行，细心纠正问题，提出建议。指导的方面可能是关于节奏、音色或者声音的均衡。但这和一般的“教育”略有不同，不如说比较接近“专业前辈的好建议”。指导的形式不是“你得这么拉”，而是类似“这段或许这样更好”。来这儿的年轻音乐家已受过太多“教育”(按理说是这样)，如今需要比“教育”更上一层楼的东西。讲座中有这种共识，或许可以看作音乐家之间的情谊。小泽先生偶尔也亲自指导，给学子们有用的建议。

至于罗伯特·曼恩先生，他开了一个不同层次的进阶班，同样是以小组形式进行特别指导。他授课的大房间里总是座无虚席。这里进行的不是民主形式的授课，更接近以强化班的形式传授秘决。讲师与学生几乎全部参加，个个竖起耳朵，唯恐漏听这位伟大的室内乐导师的每一句金玉良言。我也旁听了这个进阶班的所有课程，就算对弦乐器几乎一无所知，也能体会这里的交流是多么有趣，其中蕴含了太多有助于了解音乐的谆谆教诲。

学生们白天在这个文化中心努力排练弦乐四重奏，一到傍晚便抱着自己的乐器，沿着湖畔前往步行约十分钟的“城堡”——一栋有座高塔的古老石建筑。这座城堡以前似乎是领主宅邸之类的，如今归该镇政府持有和维护。二楼有个大厅，大家就在里面排练合奏。这儿以前大概是举办舞会的场所，天花板很高，而且有各种装饰，墙上还挂着形形色色的古老肖像画。房间的许多大窗子，全向着夏夜敞开。

乐团的排练也让罗勒镇居民公开参观，每晚都有许多观众前来，坐在为他们准备的折叠椅上观赏。窗外，无数燕子在落日余晖中穿梭。演奏纤细的弱音时，会被响亮的鸟鸣盖过。约一小时的排练结束后，满心愉悦的观众纷纷报以温馨的掌声，可见居民与音乐学院的关系有多亲密。音乐俨然已是他们日常生活中不可或缺的部分。

这个乐团由小泽征尔先生与罗伯特·曼恩先生两人共同指挥。今年选出的曲目，是由小泽先生指挥的莫扎特《嬉游曲》（K136）和罗伯特·曼恩先生指挥的贝多芬《第十六弦乐四重奏》第三乐章。此外，也为音乐会的酒会准备了由小泽先生指挥的柴科夫斯基《弦乐小夜曲》第一乐章。

由此可见，学生们几乎全天无休地接受严格扎实的训练，完全沉浸在音乐的世界里。但大家毕竟是二十多岁的年轻男女（女性稍多），即使再忙碌，偶尔也能忙里偷闲地享受青春。用餐时吃得热热闹闹，排练结束后也会去镇上的酒吧狂欢放松。当然，也谱出了几段恋曲。

我是以类似特别来宾的身份参加学院活动的。“请春树先生务必前来，亲眼看看我们都在做些什么。来一趟，欣赏音乐的角度会有所改变。”听了小泽先生这番话，我半信半疑地飞到了瑞士。订了机票，又从日内瓦机场租车前往罗勒，从讲座的第二天开始加入这场活动。罗勒没有可住宿的饭店（毕竟是个小镇，旅馆很少），我只得在同样位于日内瓦湖畔、距罗勒约十五分钟车程的尼永投宿。饭店附近有几家将新鲜打捞的湖鲜制成美味料理的餐馆。眼前就是日内瓦湖，可以眺望对岸的法国市镇，右侧还能清晰地望见远方白雪皑皑的阿尔卑斯山。

瑞士的夏日舒适宜人。白天虽然日晒强烈，但属于高原气候，树荫下十分沁凉，湖面清风习习，日落后得穿上一件薄外套。即使没有冷气，学生们也能不流一滴汗地专心练习。每天起床后，我先慢跑一小时。沿着湖畔穿越静谧森林中的天然小道，一路跑回饭店，挥汗之后浑身舒适。在书桌前写点东西，然后驱车前往罗勒。沿途是一望无际的田园和葡萄园，不见任何广告牌、便利商店或星巴克。中午一点和大家前往中庭，享用自助式午餐。菜色以当地蔬菜为主，十分有益健康。

午餐后，我便去每个房间聆听小组排练，也和学生们聊天。他们以法国裔和东欧裔居多，但音乐界的共通语言毕竟是英语，交谈起来没有大碍。大家起初略显羞涩，但毫不胆怯。虽然好奇我这个作家为何在这儿闲晃，但我说明原因（我打算与小泽先生共同撰写一本有关音乐的书……）后，他们也自然地接受了我这个特别来宾，甚至有学生问我刚才的演奏如何。幸运的是有不少人甚至读过我写的书，尽管不知是怎么读到的。

此外，原田先生、今井小姐、帕梅拉，偶尔连罗伯特·曼恩先生也不时告诉我一些颇有帮助的故事。对我来说，最幸运的是这个学院就像个“只存在一定时间的共同体”，一旦加入，便有机会与各色各样的人坦率地对话。

我参加这期讲座，最大的用意就是了解好音乐是如何构建的。好音乐自然能使我们感动，不够好的音乐自然会让我们扫兴。但老实说，我并不清楚好音乐是如何形成的。钢琴奏鸣曲这类与个人天赋息息相关的类型还容易理解，协奏曲可就难以想象了。其中究竟有哪些规则和经验法则，或许每位专业的音乐人士都非常熟悉，但身为一般听众的我概念很模糊。

大多是初次见面的年轻演奏者齐聚一堂，在一个星期里密集接受一流演奏家的指导，将产生怎样的音乐成果？我的职责就是亲眼观察这个过程，所以得频繁前往排练会场，倾听他们演奏的音乐。小泽先生与各位讲师能研读乐谱，仔细察验他们的演奏，但我读不了多少谱，只能专注地侧耳倾听。此前我从未如此彻底地沉浸在音乐中，因此当时听到的每首曲子如今依然萦绕耳际。

在此列举一下当时学生们排练的曲目，或许多少能帮助各位读者想象在我耳际萦绕的是哪些曲子。

1 海顿《第七十五弦乐四重奏》，作品 76 第 1 号

2 斯美塔那《第一弦乐四重奏》（“我的生涯”）

3 拉威尔《弦乐四重奏》

4 雅纳切克《第一弦乐四重奏》（“克鲁采奏鸣曲”）

5 舒伯特《第十三弦乐四重奏》（“罗莎蒙德”）

6 贝多芬《第六弦乐四重奏》

7 贝多芬《第十三弦乐四重奏》

原则上他们每一首都排练过，但在结业音乐会上，只能选择其

中一个乐章演出，因为实在没有时间演奏全曲。选择哪个乐章，是在最后由讲师决定。第一、第二小提琴手也会按不同乐章轮替。音乐会在日内瓦与巴黎两地举行，在两地演奏不同的乐章，每个乐章的第一小提琴手也都由不同的演奏者担任。但这回碍于时间限制，贝多芬《第十三弦乐四重奏》在音乐会上被省略了。

此外，在结业音乐会上，三名活跃于乐坛的专业演奏家讲师也与最优秀的学生（其中四名为专门排练贝多芬《第十三弦乐四重奏》的四人小组）组成八重奏，演出门德尔松的《弦乐八重奏》（这是我钟爱的乐曲，作于门德尔松十六岁时）。授课期间，这八重奏的演练与弦乐四重奏的排练同时进行。

刚加入这期讲座那天，听到学生们有欠流畅的粗糙演奏，我有点不安。当然，我也知道这不过是几个临时凑齐的乐团初试啼声的第二日，想听到沉稳流畅的声音根本是强人所难。尽管如此，心中还是有种疑虑："区区一个星期，哪能把这种演奏磨炼成上得了台面的水平？"当时听到的东西，和我们称作"好音乐"的演奏有很大的差距。即使小泽先生再神通广大，要把它打磨成一件优质成品，一个星期会不会太短？毕竟这些演奏者都是稚嫩的学生，不是饱经磨炼的专业乐团团员。

小泽先生面带微笑，肯定地说："别担心，他们会一天比一天好。"但我仍是半信半疑。那时不论是弦乐四重奏还是管弦乐团，听来都有所欠缺。海顿听来不像海顿，舒伯特不像舒伯特，拉威尔也不像拉威尔。虽然完全依照乐谱演奏，但就是没演奏出该有的味道。

总之，我每天开着发动机有点问题的福特福克斯旅行车前往罗勒，穿梭于分散各处的会场，热心聆听这些年轻弦乐器乐手的演奏。我记住七首弦乐四重奏的每个乐章，观察他们每天有怎样的进展，也记住了每个人的名字、长相和演奏特点。起初，进步看来非常缓慢，似乎有道看不见的柔软墙壁挡在前方。我暗想，看来他们是赶不上音乐会了。

孰料没多久，我忽然发现他们在夏日艳阳下默默开始发光发热。不论是白天的四重奏还是傍晚的合奏，他们的乐声竟然开始协调，士气仿佛不知不觉开始高涨。演奏者们的呼吸微妙地合而为一，柔美的声音在空气中回荡，这下海顿变得越来越像海顿，舒伯特越来越像舒伯特，拉威尔也越来越像拉威尔。他们不仅专心于自己分内的演奏，也学会了倾听彼此的演奏。不赖。我心想，真的不赖。情况的确开始变化了。

虽说有变化，这依然称不上真正的“好音乐”。仿佛有层薄膜隔着，他们的音乐无法直击人心。我在各种地方见识过这种隔阂。不论是在音乐、文学，还是在其他艺术形态中，要剥除这最后一层薄膜有时很困难。但不想法消除这种隔阂，艺术几乎就失去了作为艺术的意义。

罗伯特·曼恩先生就在这个时候加入了这期讲座（他是中途才加入的）。曼恩先生开了个进阶班，负责聆听每个小组的演奏，作出明确的指正，有时还非常尖锐。

例如听完拉威尔《弦乐四重奏》第一乐章后，他说：“谢谢各位。演奏得很好。实在太好了。不过……（面露微笑）我就是不喜欢。”教室里的学生哄堂大笑，虽然演奏者想必笑不出来。但我也能理解他的意见。他们还是没演奏出真正的拉威尔该有的味道，其中并没有真正的“共鸣”。连我都听得出来，在场的每个人应该也听得出来。曼恩先生不过是直率地说了出来。他不带任何修饰的糖衣，直接而简洁地道出事实。对音乐而言，这是极其重要的事实，大家所剩的时间不多，已经容不下无谓的客套话。学生的时间有限，曼恩先生的时间同样有限。到头来，他在讲座中的作用，就好比牙医用的明亮清晰的镜子。不是供人顾影自怜的“魔镜”[①]，而是毫不保留地将患处照得清清楚楚的“现实之镜”。我感觉似乎只有他这等分量的人才能做到这一点。

曼恩先生彻底指导每个细节，就像为一台机器拧紧所有螺丝。他的建议和指正多半十分具体，谁都能听清他的意图。为了节省时间，他的话一点也不含糊，学生们也死命牢记他连珠炮般的指示。他的指导持续了三十多分钟，紧迫到让人几乎窒息。学生们筋疲力尽，九十二岁高龄的曼恩先生想必负担更重。但一谈起音乐，曼恩先生的双眼就变得炯炯有神，怎么看都不像是老人的眼睛。

几天后在日内瓦的音乐会上听到的拉威尔，就是今非昔比的精彩演奏了。在他们的演奏里，我听到了拉威尔乐曲特有的宛如音符连串滴落的美。没错，每个螺丝都被拧紧，他们与时间竞争，打赢了漂亮的一仗。当然，演奏还称不上完美，在熟练程度上还有尚待

---

①原文作“自惚镜”，指与日本传统的铜铸“和镜”相比，西洋传来的玻璃镜能将镜中人映照得更美，使人以为自己容貌姣好。

发展的空间。但其中有一股真正的“好音乐”必备的流畅与紧迫，更重要的是那股真挚的专注与年轻的欢愉。那层薄膜已经被剥除得一干二净。

总之，他们在一个多星期里学到了许多，也成长了许多。而目睹这一过程的我，也有一种受益良多的充实感。在音乐会上一一欣赏了六个小组演奏的不同曲子，包括拉威尔的乐曲在内，虽然多少有所差异，但每一曲都给了我同样的感受。这股温暖的感觉，带给我质朴的感动。

由小泽先生指挥、所有学生参与的管弦乐团也是如此。所有成员的向心力逐日凝聚，到了一定时间，便像原本难以发动的引擎忽然发动起来，自律地融为一体，开始转动。换种形容，就像一只属于崭新物种的动物，在一个蒙昧的世界中诞生。它日渐清晰地掌握该如何摆动四肢、摇动尾巴、耳听目视。起初有几分犹豫，但动作一天比一天自然优美，也更娴熟。此时，这只动物本能地开始理解小泽先生要求怎样的声音，怎样的律动。这个过程不是培训，而是一种追求共鸣的独特沟通。学生们在沟通中开始发掘音乐丰富的含义与自然的喜悦。

当然，小泽先生对乐团的指示可谓巨细靡遗，那也许是关于节拍、音量、音色或者弓法。如同细致调整精密的机械一般，他可能会要求演奏者反复弹奏同一段落，直到令人满意为止。他不用命令语气，而是用类似“要不要这样演奏试试？”的口吻引导，不时开个小玩笑逗逗大家，缓和现场的紧张气氛。但玩笑终归是玩笑，小泽先生对音乐的态度始终如一，毫无妥协的余地。

我大抵理解小泽先生所下的每个指示是什么意思。但这些细微具体的指示是如何将音乐从整体上雕琢得清晰鲜明，让全体团员在声音与方向性上达成共识，对我而言则是无法参透的黑匣子。这究竟是怎样做到的？

这难道是享誉全球乐坛逾半世纪的一流指挥家小泽先生的“业务机密”？不，大概并非如此。或许这既不是秘密，也不是黑匣子。谁都看得出来，这其实是只有小泽先生才能实现的奇迹。总之，我只能认为这是精彩的魔法。想创造“好音乐”，第一需要火花，第二需要魔法。少了哪一项，“好音乐”都不会出现。

这是我在这个瑞士小镇学到的一个道理。

七月三日在日内瓦维多利亚音乐厅举办第一场音乐会，七月六日又在巴黎加沃音乐厅举办第二场（也是最后一场）音乐会。仅有室内乐与学生乐团的阵容看似寒酸，但两场音乐会的门票全部销售一空。的确，多数听众都是冲着小泽征尔来的。这也是理所当然，毕竟小泽先生自从去年在卡耐基音乐厅演奏以来，已经有半年没有上台指挥了。

音乐会前半场为六组弦乐四重奏。一如前述，每组四重奏各演奏一个乐章。后半场则以门德尔松的八重奏揭开序幕。接下来轮到管弦乐团上场，由罗伯特·曼恩先生指挥贝多芬，演奏优美得无懈可击。随后又由小泽先生指挥莫扎特，安可曲则是柴科夫斯基。

就结果而论，两场都是让人永难忘怀的精彩演出。演奏质量极高，每个细节都很用心。虽然充满紧张感，却也不失自发的、纯粹的喜悦。年轻演奏者在台上全心投入，呈现的结果是如此精彩，压轴的柴科夫斯基最精湛，感情洋溢，又充满青春的美感。音乐厅里的听众全部起身，报以经久不息的掌声，巴黎听众的反响最热烈。

这些掌声中，当然不乏乐迷们对小泽先生复出的激励，巴黎历来就有许多小泽先生的乐迷，同时，想必也有对学生乐团不懈奋斗的赞赏（学生乐团这称呼或许不妥，他们的演出远远超过学生的水平）。不仅如此，这掌声更是对真正的好音乐发自内心、毫无保留的喝彩。由谁指挥、由谁演奏都不再重要。这两场演奏已经是毋庸置疑的好音乐，其中既有火花，又有魔法。

音乐会后，我听到仍兴奋不已的学生们说，“奏着奏着，我眼泪都滴下来了”，“这么美好的经历，想必一生中没有几次”。看到学生们这种毫无掩饰的感动和听众们如此热烈的反响，我终于理解小泽先生为何愿意在这个学院的活动中投注这么多心血。想必对他而言，将好音乐传承给下一代，让这些年轻音乐家切实体验到发自心底的纯粹的震撼，是比什么都重要的任务。或许他能从中感受到不亚于指挥波士顿交响乐团或维也纳爱乐等超一流乐团的深深喜悦。

但眼见小泽先生刚经历几场大手术，不等完全康复便倾尽心力、几近无偿地培育年轻音乐家，我不禁深深感叹：想必给他几副身子都不够用。这实在让人感到难以言喻的心痛。如果可以，我多希望为小泽先生找来几副备用的身体。

第六次

“没有固定教法，都是在现场边想边教”

这次对谈是七月四日在从日内瓦驶往巴黎的特快列车上进行的。不过当时（因为我的疏忽）录音出了点问题，为了补充内容，翌日在巴黎的公寓内补访了一次。在两场音乐会之间的两天里，小泽先生明显疲惫不堪。他脸上还留着音乐会的成功带来的兴奋，但尚未恢复在台上耗尽的体力，只能靠不多的睡眠、少量的饮食，以及些许自我激励一点一点地补回来。尽管如此，小泽先生仍特地来到我的座位前，主动提出“来，咱们聊聊”。一谈到年轻人的教育，他的话匣子就比聊自己的音乐还难关上。

村上 昨天趁排练的空当，我和罗伯特·曼恩先生聊了几句，他说这个活动他参加七年了，今年的学生水平最高。

小泽 嗯，是的，我也这样认为。至于究竟是什么缘故，去年我不是因病没能前来吗，依我猜测，这反而起了良性作用。我这每年都来的主办人一缺席，讲师与学生心里都绷起了一根弦，自发地开始想办法解决问题。从前我在这儿总是从早忙到晚，亲自听每一场排练，仔细观察大家的情况。但去年因病无法前来，今年也只能偶尔露个脸，课堂上的工作几乎都交给讲师们了。

村上 讲师阵容和去年相同？

小泽 完全相同。从始至今都没变动过。不过，我看得出（原田）祯夫先生与（今井）信子小姐在教学技巧上都有了长足的进步。帕梅拉原本就是位优秀的讲师。总之大家都更懂教学了。尤其这所学院的学生个个都是高水平，还有许多人每年都回来。

村上 意思是，您认为教育他们是值得的？

小泽 对对。

村上 来这儿的年轻演奏者都还是学生？

小泽 大多数是，但其中也有已经正式登台演出的专业音乐家。起初的规定是参加这个活动以三年为上限，后来取消了这项限制。如今大家想来就来，只要能通过面试，参加几年都可以。因此出席的学生逐年增多，整体水平也有了提升。今年还有年龄限制，但我们考虑明年干脆连这个也取消。不论多少岁，只要想回来，就让他们回来。

村上 目前年龄最大的二十八岁，最年轻的十九岁，二十出头的占大多数。

小泽 嗯。但我们想改成只要能通过面试，三四十岁的演奏者也能参加。此外也有特别优秀的特招生，是未经面试入选参加的，例如阿瑞娜、萨沙、阿加塔三位小提琴家。这三位只要提出申请，就能无条件参加。明年可能还会增加一位。

村上 阵容越来越强。但总的来说还是有限制吧，比如人数上的限制？

小泽 其实原本希望限制在四重奏六组、共二十四人的规模，但今年出于种种原因，增加到了七组。不过，音乐会最多仅能供六组上台表演。因此，今年我们在演出项目中加入了师生合组的门德尔松八重奏，好让多出来的一组也能上台演出。此外，原本准备今年我又无法出席的话，便取消乐团的演出，以这组八重奏演奏代替。瞧我这回还是来了，原本说恐怕无法出席的曼恩老师也来了……

村上 多亏两位参加，这次音乐会的曲目非常充实有趣。关于曼恩先生，听他夫人说，教学是他最喜欢的差事？

小泽 是的。而且作为朋友，他和我也十分投缘。其实他接到了许多知名乐团的邀约，例如维也纳爱乐、柏林爱乐等。但他总是以我为先，婉拒所有邀请，专程到罗勒或松本来帮我的忙。所以大家常说征尔，只有你请得动曼恩，真让人羡慕呀。

村上　但他已是如此高龄（九十二岁），老实说，也不知道往后还能不能参加这个活动。如果他无法再参加，这空缺可就难填补了。对这所学院而言，曼恩先生扮演的角色实在很重要。

小泽　没错。不过，如果他无法再参加，我们也不打算请人替代，就让现有的帕梅拉、原田和今井三位讲师继续下去。因为他的空缺绝对无法填补。我们找了很久，但在世的演奏家中根本找不到能取代他的人选。他指挥管弦乐团，其实是我苦苦劝说的结果。他原本坚称办不到，但我一再要求，他还是在日本执起了指挥棒。最近在这方面，他似乎变得更自信了。

村上　他如今还演奏吗？

小泽　偶尔吧，几乎不碰了。但接下来他要在松本与原田祯夫等人一同演奏巴托克的四重奏，届时他不会指挥，只是参与演奏。他原计划参加这次门德尔松八重奏，但最后还是打消了念头，因为既要指挥又要演奏，负担实在太重了，最后他选择了指挥。对我们来说，这其实是最好的选择。①

村上　我觉得挺遗憾，因为我从十几岁起就是茱莉亚弦乐四重奏的乐迷，这回真的很想听听他的演奏。这儿的学生来自许多国家，每个人在音乐方面都有不同的性格。用现在流行的话来说，就是每

①遗憾的是，后来曼恩先生在松本的演奏也取消了。原注。

个人都很有个性。

小泽 对。所以教起来也很有趣，感觉很值得。

村上 在某种程度上，弦乐四重奏形同个性与个性的结合，个性越是鲜明，感觉越是刺激。当然，这可能有好有坏。

小泽 一点也没错。

村上 至于管弦乐团方面，这次您指挥了莫扎特《嬉游曲》(K136)，又指挥了柴科夫斯基《弦乐小夜曲》第一乐章作为安可曲。请问曲目是否每年都不一样？

小泽 每年都不一样。我指挥过哪些曲子来着……记得也指挥过柴科夫斯基《弦乐小夜曲》全曲，这首曲子很长。此外，还指挥过格里格的《霍尔堡组曲》，以及巴托克的《弦乐嬉游曲》。我在这儿六年，指挥过六首不同的乐曲。一直很希望指挥勋伯格的《升华之夜》，遗憾的是这首曲子真的太长，今年实在没办法实现心愿。

村上 不过您刚才提及的曲目，与您在学生时代从斋藤老师那儿学来的曲目几乎相同呢。

小泽 嗯，是的。的确几乎相同。听您一说，我才发现刚才我提到的乐曲，全是当年斋藤老师教过我的，包括《升华之夜》。今年我身体还没完全恢复，很遗憾没演奏这首曲子，衷心希望明年能有机会。斋藤老师还教过我德沃夏克的《弦乐小夜曲》，希望哪天也能演奏这首。此外，还有沃尔夫的《意大利小夜曲》，一首只有弦乐的曲子。

村上 我没听说过这首。

小泽 很多音乐家也没听说过。但是首很好的曲子。

村上 记得罗西尼也写过只有弦乐的曲子。

小泽 嗯，有，斋藤老师也指挥过。不过那首感觉有点轻，或许该说太轻了。

村上 您年轻时曾向斋藤老师学过这些曲子，现在又轮到您用自己的方式传承给下一代。

小泽 是的。不论是巴托克，还是柴科夫斯基的《弦乐小夜曲》，都是斋藤老师当年教过我的曲子。

村上 但桐朋的乐团不仅有弦乐器，也有些管乐器吧？

小泽 有时会加入一些管乐器，但仅有弦乐的演奏还是占绝大多数，毕竟实际演奏管乐器的没几位。比如，我们曾用一支双簧管和一支长笛演奏过罗西尼的《塞维利亚的理发师》，为此还得重新编曲。演奏起来很累人，还得用中提琴模拟管乐器的声音。

村上 总得想办法变通。话说回来，昨天的柴科夫斯基演奏得真精彩，但我觉得如果再添加两三把低音提琴，或许能演奏出更浑厚的音色，一把似乎稍嫌不足。

小泽 有道理，毕竟原本的乐谱上要求的就是这个数目。

村上 但从演奏的结果来说，已经有常设管弦乐团的水平了。学生们呈现出的紧迫感超过一般的青年管弦乐团。

小泽 是的。就昨晚那场演奏的水平而论，他们已经具备在全球音乐界立足的实力。只要多增加些曲目，让其中几位具有独奏实力的负责独奏，演奏一些协奏曲，不论到维也纳、柏林还是纽约都没问题，保证不会蒙羞。

村上 整体水平相当高，是名副其实的有条不紊，一条乱了或分岔的线都没有。

小泽　嗯，这么形容或许有点不雅，但可以说是没有任何瑕疵，完全没有漏洞。今年大家都表现得太完美了。这绝不是侥幸，而是一步一步走出来的成果。我们的面试一年比一年密集，教学也一年比一年充实。

村上　说老实话，第一次听到他们演奏，是排练的第二天，我对结果还有所怀疑。拉威尔听来不像拉威尔，舒伯特听来不像舒伯特，让我纳闷这些学生能不能成功。没想到他们一个多星期就能进步到这种程度。

小泽　因为那时他们刚开始培养默契。

村上　一开始感觉他们的音色都很生涩。强音不够干净，弱音也欠稳定……但每天听他们练习，我发现强音拉得越来越紧致，弱音也拉得越来越工整，不禁由衷佩服。原来音乐家就是这么进步的。

小泽　有些学生琴艺不错，演奏的音色也自然优美，但还不太理解音乐的本质。有资质，但欠缺深度。只在乎自己，不懂得考虑他人。面试时碰上这样的人，讲师们很苦恼，犹豫是否该让这样的人加入，担心会扰乱大家的协调。但我反而认为最该让这种人加入。如果他奏出的音色如此自然优美，就该把他带到这儿来，让他扎实地学习音乐的本质。顺利的话，就能将他打造成优秀的音乐家。毕竟天生就能奏出自然优美音色的人难得一见。

村上　天赋教不了，但思考方式和态度是可以教的。

小泽　就是这道理。

村上　就我听到的，在所有学生演奏的四重奏中，雅纳切克的最好，虽然我是第一次听这首曲子。

小泽　嗯，的确很不错。那首曲子是担任第一小提琴手的萨沙要求演奏的。通常是由老师选曲，吩咐学生演奏什么，但雅纳切克是学生主动要求演奏的。

村上　那组学生再略事雕琢，就具备专业弦乐四重奏的水平了。

小泽　嗯，他们或许能靠这个闯荡乐坛了。不过，到这儿来的学生都想当独奏者。

村上　似乎没多少年轻人想演奏室内乐。

小泽　是呀。或许没几个仔细考虑过要演奏室内乐。但我认为到这个阶段，如果能下定决心钻研室内乐，音乐家的路或许能走得更长久。

村上　像罗伯特·曼恩先生就是彻头彻尾坚持室内乐。下这种决心是不是性格的原因，比如说有些人想演奏室内乐，有些人只想当独奏者……还是因为靠室内乐不易糊口？

小泽　或许这是个原因。所以大家都立志当独奏者。要是没成功，就进管弦乐团演奏。

村上　不过，演奏者在加入管弦乐团后，与团内同行组成四重奏演出似乎是一种传统，例如维也纳爱乐或柏林爱乐……

小泽　对对。这类人靠乐团挣得稳定收入，再利用余暇演奏心仪的室内乐。但要靠四重奏糊口的确不容易。

村上　是不是因为喜好室内乐的听众太少？

小泽　或许是。喜欢的人非常喜欢，总体还是少了些。但听说近年爱好者有所增加。

村上 东京市内适合演奏室内乐的小型音乐厅也越来越多。比如纪尾井音乐厅，还有一些地方目前已关闭，像卡萨尔斯音乐厅。

小泽 是的。从前这类音乐厅很少，室内乐都在三越剧场一类的场地演奏。斋藤老师和严本真理小姐都在那儿演出过。其他场地还有第一生命馆音乐厅等。

村上 小泽音乐学院十分重视弦乐四重奏，曲目明显以弦乐四重奏为主。请问这是出于什么理由？

小泽 就四重奏来看，这回的曲目没有莫扎特，也没有年代较近的巴托克和肖斯塔科维奇。但从海顿到知名的现代音乐家，个个都写过弦乐四重奏。莫扎特、贝多芬、舒伯特、勃拉姆斯、柴科夫斯基、德彪西等作曲家都曾倾力于此。因此演奏他们创作的弦乐四重奏，有助于更深入地了解这些作曲家。尤其是不熟悉贝多芬晚期的弦乐四重奏，就不可能真正了解贝多芬。我们如此重视弦乐四重奏，就是出于这个理由。毕竟它是音乐的基础之一。

村上 这次比较优秀的小组演奏了作品 130 号[①]，但二十出头的学生演奏贝多芬晚期的弦乐四重奏会不会太困难了？

小泽 嗯，有人说贝多芬晚期的弦乐四重奏，需要在现场磨炼一辈子才能演奏好，因为实在太复杂了。但这次是学生们主动要求演奏这首曲子，我认为这是好事。

村上 我也觉得他们很努力。您是否也打算增加弦乐四重奏以外的乐曲？例如加上一把中提琴演奏莫扎特的五重奏之类的。这类

---

①指贝多芬《第十三弦乐四重奏》，作品编号为 130 号。

乐曲不在您考虑的范围之内?

小泽 不，没这种事，我们当然会尝试。比如有人提议明年要不要试试勃拉姆斯的六重奏。此外，我们也加入低音提琴，演奏过德沃夏克的五重奏。毕竟为合奏找来了低音提琴手，不让他多多发挥，未免太遗憾了。

村上 那个拉低音提琴的年轻人的确可怜。稍早我问过他:“大家在排练弦乐四重奏时，你都在做什么? ”他回答:“一个人默默练习。”(笑) 此外，舒伯特的五重奏也不错，需要两把大提琴的那首。

小泽 当然。我们也打算多变化一点。但大体还是以弦乐四重奏为中心，这个基础不会变。

村上 请问弦乐四重奏和全体合奏各占一半这种形式，是小泽先生您想出来的吗?

小泽 嗯，可以这么说，算是我创立的。但在奥志贺[①]时就一直采用这种形式，只是将它原封不动地移植到了这儿（瑞士）。在奥志贺时，起初只打算演奏弦乐四重奏，但好不容易聚集了这么多人，饭后大家就抱着玩玩的心情开始合奏，就只是为了好玩。我正好也在场，就顺理成章地执起了指挥棒。让我想想……记得最初演奏的好像是莫扎特《嬉游曲》。后来就这样成了活动的一部分，每年都挑一首不同的乐曲进行合奏。

村上 原来是自然而然的。请问奥志贺的活动大概持续了几年?

小泽 瑞士这儿有七年了，奥志贺大概有十五年。

---

①小泽国际室内乐学院在日本的教学所在地。

村上 所以，是在奥志贺创立这种形式后，再原封不动地移植到欧洲来的？

小泽 是的。当年罗伯特·曼恩先生到奥志贺时，说很希望欧洲也能推进同样的活动，我们就这么开始了。

村上 您最擅长指挥管弦乐团，却创办了以弦乐四重奏为中心的讲座，这实在让人有些惊讶。请问是出于什么缘由？

小泽 嗯，大家都对这点感到好奇。其实我还师从于斋藤老师时，就大抵钻研过重要的弦乐四重奏曲目，发现帮助不小。只是这回加入了雅纳切克和斯美塔那这类原本不熟悉的曲子，事前就需要下点功夫研究了。海顿的乐曲也有很多不熟悉，也需要多加钻研。话虽如此，我最重要的工作还是选择好的讲师，带到这儿来。只要这一点顺利，其他就没什么好担心的，不论在日本还是欧洲都一样。

村上 所以，您只需要巡视讲师们的教学情况，再提供些补充意见？

小泽 嗯，如果有必要说些什么就说，有时只要静静聆听就行。要求我提供意见时，我就尽量帮忙。但再怎么说，真正负责教学的还是几位讲师。

村上 一切都是在弦乐的框架中进行？

小泽 基本上还是以弦乐四重奏为基础。也考虑过加入管乐器，找过长笛和双簧管的讲师，但将范围扩大到这种程度可就力不从心了。规模会变得太大。

村上 钢琴也不考虑？

小泽 不考虑。一旦加入钢琴，整体感觉就变了。比如钢琴三重奏，其实等同于三架钢琴独奏。相比之下，弦乐四重奏才是合奏的基本。

村上 旁听期间我感到最有趣的，是第一与第二小提琴手随乐章轮替。通常第一小提琴手是由经验丰富或实力出众的演奏者担任，但在这儿并不是。

小泽 这是个很好的安排。这个传统在奥志贺时就开始了，也是原封不动移植到这儿来的。总之就是让参加学习的小提琴手不分实力高低，都能担任第一与第二小提琴手。

村上 指导弦乐四重奏，对您的音乐活动有没有帮助？

小泽 嗯，我觉得有。比如由于只有四个声部，能帮助我更仔细地研读乐谱。但这并不表示四重奏就比较简单，里面其实涵盖了各种音乐要素。

村上 旁听罗伯特·曼恩先生指导进阶班时，我发现他的意见其实从头到尾一以贯之。他得聆听七个小组的演奏，给每个小组提出细致的建议，但所说的话大致差不多。其中一个建议就是务必将内声部演奏得更清晰。这方面的均衡对弦乐四重奏非常重要。

小泽 是的，合奏西洋乐曲，内声部是非常重要的元素。

村上 近年，管弦乐团也越来越重视清楚地呈现内声部，似乎变得和室内乐有点像了。

小泽 对，一点也没错。一流的乐团都开始重视这方面，否则演奏就会变得索然无味。

村上 但在学校里钻研独奏的学生们，大多是以演奏主旋律为主，通常没多少机会负责处理内声部。所以让大家都有机会在弦乐四重奏中担任第二小提琴手就很有意义了。

小泽 的确，演奏内声部有助于一窥乐曲的内涵。我认为这种训练非常重要，能让演奏者的耳朵变得更敏锐。与小提琴相比，中提琴和大提琴都更有合奏性质，但来到这儿，大家便能学习如何更深入地观察这部分。

村上 曼恩先生还常提到，弱音符号不代表得拉得轻一点，而是该将弱音视为半个强音，需要拉得小而强。他反反复复强调了很多遍。

小泽 正是这样。通常大家习惯轻轻地演奏弱音，曼恩先生这番话的意思是，音虽小也必须让人听得清清楚楚。即使是弱音，也必须奏出丰富的节奏与感情。总之他试图指出演奏必须更层次分明。这是在弦乐四重奏的领域奋斗超过半个世纪的他的理念。

村上 这正是茱莉亚弦乐四重奏的风格。层次清晰分明，带有理性分析的味道。或许欧洲人不太喜欢。

小泽 是的。欧洲人想必要说：稍微暧昧点又何妨？气氛浓厚点不是更好？但他的逻辑是演奏需要清楚地呈现出作曲家的意图，并将这声音清晰地传达到听众的耳朵里。他的目标就是演奏上毫不含糊、忠于原作。

村上 还有一句话他常挂在嘴边，就是“我听不见”。(I can't hear you.）听到渐弱的最后一个音奏得不够清楚，他都适时提点。要将这个音演奏得既轻又带劲并不容易。

小泽 他的确很注意这一点，也常说要奏清楚弱音，就该强劲地奏出前一个音。弱音如果提前出现，接下来就无以为继。他就是计算得这样细致。

村上 他也会对学生说：你这个音在这儿听得见，但在大型音乐厅里可就听不见了。

小泽 嗯，这就是长年的经验累积的心得。别忘了他演奏过无数场次，即使在小型音乐厅里演奏，也总是用在大型音乐厅演奏的音量权衡。

村上 我曾就此请教原田祯夫先生，他告诉我不论是在小型还是大型音乐厅里演奏，听得清楚的音才是真正该有的音。有些人用音乐厅的大小来衡量该拉什么样的音，这不是正确的演奏方式。

小泽 嗯，这大概是最正确的说法。虽然实践起来非常困难，但一语中的。

村上 不过音乐会在日内瓦维多利亚音乐厅和巴黎加沃音乐厅举行，两处的音效截然不同，学生们似乎很苦恼。

小泽 是的。如果排练得不够充分，大家就很难听清彼此的声音。

村上 此外，曼恩先生也常嘱咐学生"speak"，意思是"说"而不是唱，是用语言表达。

小泽 他的意思是，说的比唱的范围更广。唱只是像这样：呜哇啊啊啊（张开双臂高歌），是吧？我认为他的本意是，不该仅仅如此，当然还是要唱，但不是只唱就好，唱起来还得将开始和结束分清楚，必须意识到不同阶段的差异。

村上 他也说过一句类似的话：作曲家有固有的语言，大家应该用这种语言说话。

小泽　他指的是作曲家的风格吧。必须扎实地学习这种风格。

村上　他也说过，斯美塔那的词汇是捷克语式的，拉威尔的词汇是法语式的，大家必须将这些考虑在内。我觉得他的看法很有趣。总之，曼恩先生会明确地反复陈述自己的意见，不会因为教学对象而改变，始终如一地贯彻自己独特的哲学。

小泽　这些意见全来自他的经验，他的逻辑的确很独特。毕竟他演奏室内乐比谁都久，经验也比谁都丰富。

村上　但这些意见有时可能与帕梅拉、今井小姐、原田先生的指导方式相左。

小泽　这是当然。因此我常告诉学生，不同的老师意见相左是正常的，也对三位讲师和曼恩先生说过。意见不同是理所当然，音乐就是这么回事。正因如此，音乐才有趣。即使话说得不同，最终仍是殊途同归。当然，有时也不全是这样。

村上　意见相左的大概是哪方面？

小泽　上回曼恩先生指导演奏拉威尔那首四重奏时就发生过。乐谱上有条长长的圆滑线。小提琴或大提琴演奏家大都解释成用不抽回弓的方式推弓，是弓法的具体标记。但有些作曲家将这种圆滑线当作乐句的标记来使用。曼恩先生将这条圆滑线解释成乐句的标记，嘱咐学生应在这里停止推弓。

村上　意思是推到一半便将弓抽回？

小泽　正是。但帕梅拉刚给过学生不同的意见，说作曲家都这么写了，弓就该这么拉。双方在这儿产生分歧。因此，帕梅拉不是当场追着解释了一句吗，说“这么拉是我指导的”。

村上 噢，原来如此。技术方面我知之甚少，当时没看出是这么回事。

小泽 帕梅拉认为这么拉或许有点强人所难，但作曲家既然这么写了，就该试试看。

村上 即使有点不合理，但还是该尊重创作者的原意，试试一鼓作气将弓从头推到尾。但曼恩先生认为没有必要挑战这种高难度绝技。

小泽 嗯。他认为只要能拉出作曲家要求的声音，抽回琴弓也没什么大碍。毕竟琴弓就这么点长度，那种强人所难的弓法根本毫无意义。其实双方的解释都对。学生只要两种弓法都试过，再自行判断哪一种比较正确就行。

村上 结论想必因人而异。

小泽 这和因为肺活量大小不同，选择不同的歌唱方式是一样的道理。有人需要换气，有人不需要。有人可以一鼓作气地推弓，有人却办不到。

村上 您说了我才想起曼恩先生也常提到换气。唱歌时必须在适当的时候换气，不幸的是弦乐器并不需要换气。因此在演奏时，必须时时注意换气的时机。“不幸”这个说法很有趣。此外，他也常提到沉默。沉默不等于无声，沉默也有沉默的声音。

小泽 哦，您指这个。这和日本人所谓的“间歇”是同样的道理，与雅乐、琵琶、尺八的演奏逻辑很相似。有些西洋乐曲的乐谱上也有这种间歇，有些没有。曼恩先生很了解这一点。

村上 还有一点让我感到意外，就是他不太谈弓法和指法。我以为这样一位大师，对这方面应该很讲究。

小泽　来到这儿的学生，这方面的技巧已经很娴熟，因此曼恩先生教的都是如何更进一步。我认为学生们在这方面都没什么问题。

村上　但他倒是常有诸如“这儿要在更靠近琴马的地方拉”、“这儿要在指板上拉”等技术上的指示。

小泽　嗯，音色会因此不同。在指板上拉，音色会变得比较朦胧；在靠近琴马的地方拉，音色会变得比较清晰。他的确很注意这些。

村上　我不会演奏乐器，但看到曼恩先生这样指导学生，着实学到了不少学问。

小泽　这我相信。能亲眼看到这些，的确是难能可贵的经历，让人获益匪浅。我都录了下来，好在日后播放。

村上　曼恩先生对自己的主张很执着。但感觉您更乐于视情况进行调整，教学上的逻辑和他有点不一样。

小泽　是的。我的恩师斋藤老师和曼恩先生比较接近，非常坚持自己的主张，我试着反抗他这一点。但到头来还是同样的结果，他不可能妥协。但我一直认为音乐并非如此绝对，总是不断提醒自己别变成这样。

村上　意思是您所做的，和年轻时所学的是相反的？

小泽　在指挥时和教学时都一样。我试着不事先制订不可打破的框架，什么也不预设，届时视对方的情况再决定。先看看对方怎么做，再想想该如何应对。所以我这种人是写不出课本的，除非眼前有个人，否则我总是无话可说。

村上　一切视对方的情况而定。不过您这样的人，再配上坚持自己的哲学、不容挑战的曼恩先生，想必是能让一切顺畅运作的组合。

小泽　我觉得是这样。

村上　您是从什么时候开始对教育后辈产生兴趣的？

小泽　我想想……哦，是我到坦格伍德后没多久，也就是担任了大约十年波士顿交响乐团音乐总监的时候。此前也常有人劝我投身教学，但我没有多大兴趣。到波士顿交响乐团就任后，斋藤老师就积极地邀请我到桐朋教学。起初我一再婉拒，最后终于答应。不料斋藤老师不久后就过世了。可能是责任感使然吧，老师走后我就积极投身教育工作，在坦格伍德也开始指导后辈。

村上　是指导指挥技巧吗？

小泽　不，不是教指挥家，而是管弦乐团。而且基于不懂弦乐四重奏就什么也演奏不了的观点，在坦格伍德的最后那段时期也开始指导弦乐四重奏。虽然不像在这儿办的这么正式，但有些类似。

村上　我的职业是写作，平日专心创作，但曾两度在大学任教，在普林斯顿大学与塔夫斯大学开办日本文学讲座。从准备教材到批改报告，都得耗费不少时间和精力，一再让我痛感自己并不适合教书。虽然和年轻学生打交道非常有乐趣，也是很好的刺激，但对一个还在创作的作家而言，可能会耽误真正想做的工作。不知您是否也有这种感觉？

小泽　在坦格伍德时，我体验过不少这种煎熬。每周为音乐会忙碌之余还得教课，实在辛苦。刚开始在松本教课时也是这样。到奥志贺后，我暂时搁下指挥活动，专心教学，但这下休假的事几乎全泡汤了。

村上　夏季是演奏家的假期，将这段时期耗费在教学上，可要落得全年无休了。

小泽　对。在松本创立斋藤纪念管弦乐团后，夏季假期已经被占去大半，这下又开始在奥志贺教学，休假完全泡汤。但也不该抱怨，教育后辈毕竟是重要的事。总而言之，演奏家在顾及正业之余还要教育后辈，其实相当困难。

村上　还在工作的指挥家或音乐家里，有没有两者兼顾的例子？

小泽　我不清楚。应该没几位吧。

村上　容我请教一个不太礼貌的问题，请问这种工作有没有酬劳，还是完全无薪？

小泽　原则上是无薪的。讲师们多少能领到些薪酬，但我在瑞士和奥志贺都没领取分文。只是如今我身患大病，所以今年第一次领到了酬劳。因为我目前没有其他指挥工作，只是为这课程来到瑞士，因此破例领了薪水。除此之外，我从没领过一次酬劳。

村上　就是说，您将教学本身视为报酬。说来您的指导风格与您的恩师斋藤老师的指导风格截然不同。讲师们在指导时也和蔼可亲，没有一位厉声训斥学生。

小泽　但偶尔还是有。有一回祯夫先生就在排练时高声怒斥学生，把大家都吓傻了，全场没人敢吭一声。总之，这种情况还是有的。斋藤老师可就是一天到晚发脾气了。（笑）

村上　这儿的学生个个都是精英，此前都活在第一名的光环下。

有些人会不会不甘心接受提点？

小泽　当然有。大家都很自负，所以讲师的水平一定要高。

村上　反过来说，如果不经历这样激烈的竞争，就无法成为专业音乐家？

小泽　一点也没错。

村上　将学生分成六七组，赋予每组不同的课题，想必很麻烦吧？

小泽　这是由祯夫先生一人负责的。看来是很麻烦。以前我也帮忙，但实在是忙不过来，现在就委托他全权负责了。毕竟他是室内乐专家。

村上　去年您刚开过刀不能参加，对讲座有没有造成影响？

小泽　不能参加的确很遗憾，承蒙山田和树先生替我代职，而且像我方才说的，我的缺席在某些方面反而起了良性作用。虽然这纯粹是个人想象，大家或许都担忧不已，我想讲师们当然都有自觉，学生们也纷纷警惕“得更认真点”，变得更自立自强了。因此原本都是被动地接受指定的课题，今年却有几组主动提出想演奏的曲子，其中有贝多芬、雅纳切克、拉威尔。看到有人化被动为主动，我认为是好现象。

村上　尤其是演奏拉威尔的那组，成员是两个波兰人、一个俄罗斯人和一个担任中提琴手的法国人。我问小提琴手阿加塔，这个组合为何特地挑拉威尔的作品，她的回答是“因为我们想挑战一下”。她并没有因为自己是波兰人，就选择席曼诺夫斯基的作品，更愿意挑战拉威尔的法式曲风。

小泽 哦？原来如此。这种事只有您才问得出答案。换作我们，她想必不会坦承。因为您不是讲师，是旁观者，反而能让她卸下心防。

村上 那一组准确诠释了拉威尔的风格，我听得十分佩服，忍不住就这么问了。

小泽 这种问题我不便提。即使问了，想必她也不会说出来。

村上 总之，有这种强烈的欲望是好事。代表她们的水平会更上一层楼。

小泽 不论在这儿还是奥志贺，这种教学工作都不是我的本行。因此在开办讲座十五年后的今天，一切几乎还在摸索。这阵子天天排练，但并没有“这里该这样处理”一类的固定教法。如何向年轻学生确切地传达我们的想法，都是在现场边想边教。但我觉得这样很好，能帮助我们回归原点。

村上 像您这样顶尖的音乐家，还是能从指导中学到东西？

小泽 就是这样。您对这讲座有什么看法？这回的参观对您有没有意义？

村上 不仅有意义，而且意义重大。来自各国、性格迥异的年轻演奏者齐聚一堂，向一流的演奏家学习各种宝贵窍门，最后一同登台为听众献艺，事后又各奔东西返回来处。想必有许多参加讲座的学生未来会成为优秀演奏家。想到这里，我就心头一阵澎湃，不禁想象倘若他们哪天再度聚首，回来办个同窗会之类的，说不定能成为斋藤纪念管弦乐团般的超级乐团。或许一个无关国籍、无关派系的大型演奏团体就能自发地诞生呢。

小泽 其实，曾有人提议让这个乐团进行更大规模的巡回演出。

从经纪人的角度来说，好不容易将他们打磨成高水平的乐团，当然应该尽量扩大活动范围。如今只在日内瓦和巴黎两处演出实在可惜，应该让他们巡回世界，也在维也纳、柏林、东京或纽约登台。但我拒绝了这些提议，因为现阶段还没必要做到这种程度。当然，也不是没有可能，或许将来会认真考虑。

村上　真是难以取舍。如果将他们定位成演奏团体，或许会逐渐偏离教育的本意……对您而言，像这样指导和指挥学生乐团，和训练波士顿交响乐团或维也纳爱乐等一流乐团，做法是否很不一样？

小泽　是啊。看法不同，做法也不同。首先，像波士顿交响乐团或维也纳爱乐这种专业的乐团，有时每三天就得准备一首在音乐会上演出的曲子，时间表不能更改。但这个乐团的选曲范围很小，有充分的时间一首一首地排练。现在正在进行的排练其实是很深入的。排练得越深入，就越容易遭遇难关。

村上　因为越是排练，需要克服的课题难度就会越来越高？

小泽　正是。有时就算呼吸再契合，也可能不够完美流畅。或是声音的韵味有些落差，或是节奏有些对不上。这种时候就得花时间一一解决这种细微的问题，第二天的演奏水平就能更上一层楼，但要求也相应地提升到更高层次。这种过程对我来说也是很好的学习。

村上　哪方面能让您学到最多？

小泽　这……说了可就要暴露我最大的弱点了。

村上　您最大的弱点？

小泽 嗯，一说马上就会暴露。[①]

村上 您有什么样的弱点，我当然不清楚，但可以肯定乐团演奏的音乐一天比一天接近您的音乐。这种音乐的蜕变过程，着实让我赞叹不已。

小泽 这证明大家的水平都相当高。

村上 这次目睹整个过程，我才发现要演奏出个性、方向性和存在感兼具的乐声，原来是如此费功夫。您刚才提到有了弦乐四重奏的经验，有助于提升音乐的质量，具体来说是如何提升的？

小泽 噢，简单地说，就是和独自演奏相比，更有助于学习让听觉朝四面八方扩展。演奏者必须学会倾听他人演奏的音乐，从这层意义而言，这对演奏者和管弦乐团都很重要。弦乐四重奏能促使负责不同乐器的演奏者进行更亲密的交流。在自己演奏的同时，也必须倾听其他乐器的演奏，听出大提琴现在拉得精彩不精彩，或自己的声音和中提琴的声音有没有对上。成员们也能彼此交换意见。这一点管弦乐团就办不到了，因为人实在太多。但只有四个人的话，负担会少一点，能直接交换意见，成员们也能自然而然地细心聆听彼此的演奏。如此一来，大家会发现音乐的质量变得越来越高，体会到实际的效果，奏出的音乐也将越来越有深度。

村上 我很理解。不过从旁观察，我发现大家演奏时，脸上满是认为自己拉得比谁都好的自信。

小泽 哈哈哈，嗯，或许，尤其是来这儿的学生。日本学生就

---

①小泽先生思索良久，最后还是没有给出具体回答。原注。

不会如此了。

村上 日本人不会将自信明摆在脸上。您在奥志贺也举办过同样的讲座，两地的指导方式想必有微妙的不同？

小泽 大概能这么说。但日本人也有自己的长处，例如协调性较好、学习更热心等。在奥志贺，这些长处有时能起良性的作用，有时则不然。在日本，过度凸显自我会被说成什么来着……不是常听人说一句形容这种情况的谚语？怎么说来着……

村上 枪打出头鸟？

小泽 哦，类似，那句话好像是这意思。日本人总认为不该在人前强出风头，不该说话时不要多嘴，很尊重合议制度，而且事事都忍耐。举例来说，早上的小田急电车拥挤得让人无法忍受，但大家没有一丝抱怨，默默承受着推挤之苦。这种心态在讲座中有好处，也有坏处。如果将欧洲这群学生带到东京，搭乘早上八点的小田急电车，保证个个都要怒火中烧。（笑）这么又推又挤的，他们绝对忍不了。

村上 我能想象。（笑）

小泽 总而言之，凸显自我在那儿（欧洲）是理所当然的事。否则什么也办不成。但日本人总是习惯深思熟虑后再行动，或是毫无动作，和欧洲人很不一样。至于哪个更好，我也说不上来。但对弦乐四重奏而言，应该是欧洲人的性格更合适。意见相互磨合总能带来好结果。因此我在日本，总是一再叮嘱大家别想太多，放手去做。

村上 但大家还是会想太多。

小泽　您在瑞士参观了整个排练过程。下回如果到奥志贺参观我们排练，只要待上一天，就会发现双方的差异一目了然。遗憾的是今年奥志贺的讲座因地震取消。但还是希望春树先生您有机会能来瞧瞧。

村上　非常期待来年有机会。欧洲的学生们认为讲师的提点无法接受时，可能会回嘴："不，我认为这样才对。"即使面对罗伯特·曼恩这样高不可攀的大师，听不懂时也直接说听不懂。日本人或许很难有这胆量。年轻学生如果对德高望重的老师回嘴，只怕会遭全场的冷眼："真是无礼，这家伙以为自己算老几？"

小泽　很有可能。

村上　在日本，不论哪个领域都是如此，或许作家圈子也类似。很多时候不先察言观色，就一动也不敢动。大家都习惯先窥探旁人反应、判断现场气氛，再举手说些无伤大雅的话。如此一来，重要的事常常难有进展，只能不断原地踏步。

小泽　近年投身音乐工作的年轻人里，大胆出国追求发展的和虽有机会仍选择留在日本的，在很多方面已经能看出明显的差异。从前即使想出国发展，大多也得有经济能力才能成行。近年大家出国容易多了，但似乎越来越多的人倾向于选择不出国。

村上　您在出国仍受限制的时代，也不管有没有经济能力，就毅然选择离开日本。

小泽　是的。其实也算是有勇无谋。从前不是有个空中交响乐团（前身为美国国家广播公司交响乐团）吗？当时我听了他们的演奏，心想这么下去不成，留在日本也不会有发展，只有出国才有机会。就这么硬着头皮踏出了国门。

村上　到头来，在海外绕了一大圈，如今回日本教育年轻人的欲望反而更强烈。

小泽　但这种欲望是过了很久才产生的。

村上　您回到日本，以自己的方式指导年轻音乐家，是否遇到过相关教育人士有诸如这种教法不对、这根本不算教育之类的反面意见?

小泽　多少会有。有时的确能听到这种意见。

村上　眼见您的指导方式与自己长年接受的音乐教育截然不同，学生们会不会感到迷惑?

小泽　只要共同生活些日子，就大致能理解对方。毕竟同为音乐人，能自然地彼此适应。音乐塾其实就是这么回事。一同练习期间，大家能越来越了解彼此。

村上　这回亲眼见证学生们的音乐一天比一天进步，一天比一天有深度，着实让我惊讶。虽算不上和他们共同生活，但至少天天打照面，也记住了每个人的名字和演奏风格，对这蜕变的体认也更鲜明。原来好音乐就是这么来的。这让我佩服，也让我感动。

小泽　年轻人的实力的确不容小觑。他们在最后三天的成长尤其迅速，就连每年举办讲座的我都难以置信。如果不是亲眼见证，很难想象年轻人竟有这样的潜力。

村上　嗯，实在是难能可贵的体验。身为一介作家，我算是自雇人士，有幸目睹这种集体构筑艺术的过程，的确有很多感慨。总之，这是很有趣的经历。

后记

爱好音乐的朋友有许多，但春树先生远远超出一般爱好者的范畴。他既喜爱古典音乐，又喜爱爵士乐，而且不局限于音乐，关于细节、历史和音乐家的知识都丰富得惊人。他热爱欣赏交响音乐会和爵士音乐会，也在自己家里听唱片，甚至知道许多连我都未曾听闻的事，着实让人惊讶。

小女征良是家中唯一略懂写作的人，也是春树先生的夫人阳子的挚友。因此，我得以结识春树先生。

春树先生前来参观我们的音乐塾，这是我们每年在京都举办的重要活动。在讲师与学生们好奇的目光下，我与春树先生走进了夜晚的京都。这是我和春树先生第一次共游。

我们俩在先斗町小巷内一家居酒屋（兼饭馆）里第一次打开了话匣子。记得当时聊的是音乐塾，当然也有关于音乐的话题。

几天后回家，我告诉征良这件事。小女建议：“既然畅谈音乐这样有趣，何不把对话记录下来？”但当时我没有多少把握。接受过食道癌手术后，我闲居在家，春树先生便请我到他位于神奈川的家中做客。其他人都在厨房聊个不停，我和春树先生便进房里听他珍藏的唱片。

当时听的是格伦·古尔德和内田光子。听着听着，关于格伦的回忆竟接连浮上心头。那些已经是半个世纪前的往事了。

从前天天为音乐忙碌，从来没有时间好好回忆，此时让人怀念不已的回忆接踵而至。我从未有过这样的体验。看来动过大手术也不尽是坏事。和春树先生聊着聊着，关于卡拉扬老师、兰尼、卡耐基音乐厅、曼哈顿中心（不知如今变成什么了）的回忆接二连三涌现。事后多亏了春树先生，我又在回忆里整整沉浸了三四天。

原定与光子小姐以及斋藤纪念管弦乐团在卡耐基演奏的贝多芬乐曲，因我腰部病情恶化，只得委托下野（龙也）先生指挥，真是非常遗憾。光子小姐，期待下次有机会再合作。

大病一场的好处之一，就是终于能享受闲暇。谢谢你，征良。托你的福，我才能认识春树先生。

谢谢您，春树先生。幸亏有您，我得以重温许多回忆，还不知何故坦率地说出了心中的话。也谢谢您，阳子夫人，总是为我准备营养丰富的小菜。

春树先生、阳子夫人，谢谢两位前来瑞士。我一直认为如果不实际参观，便无从理解这所学院的真谛。

很遗憾，今年无法带领您赴奥志贺参观。由衷期盼明年能成行。

待您观察出欧洲与东方的年轻音乐家的不同之处，咱们再好好聊聊。

小泽征尔

图书在版编目(CIP)数据

与小泽征尔共度的午后音乐时光/〔日〕小泽征尔,〔日〕村上春树著;刘名扬译.—海口:南海出版公司,2014.5
ISBN 978-7-5442-7036-6

Ⅰ.①与… Ⅱ.①小…②村…③刘… Ⅲ.①随笔—作品集—日本—现代 Ⅳ.①I313.65

中国版本图书馆CIP数据核字(2014)第025558号

著作权合同登记号 图字:30—2012—155

与小泽征尔共度的午后音乐时光
〔日〕小泽征尔 村上春树 著
刘名扬 译

出　　版　南海出版公司　(0898)66568511
　　　　　海口市海秀中路51号星华大厦五楼　邮编 570206
发　　行　新经典文化股份有限公司
　　　　　电话(010)68423599　邮箱 editor@readinglife.com
经　　销　新华书店

审　　校　曹利群
责任编辑　翟明明 刘恩凡
特邀编辑　朱文婷
装帧设计　金　山
内文制作　田晓波

印　　刷　北京中科印刷有限公司
开　　本　850毫米×1168毫米　1/32
印　　张　8.5
字　　数　183千
版　　次　2014年5月第1版
印　　次　2014年5月第1次印刷
书　　号　ISBN 978-7-5442-7036-6
定　　价　39.50元